《我们共同走过》丛书 壹

北京大学产业与文化研究所“2015 公益课题”

诗与远方

来自未名湖的灵感

郭梓林 / 著

当代中国出版社
Contemporary China Publishing House

图书在版编目(CIP)数据

诗与远方：来自未名湖的灵感 / 郭梓林著. -- 北京：当代中国出版社，2015.10
(我们共同走过)
ISBN 978-7-5154-0622-0

Ⅰ. ①诗… Ⅱ. ①郭… Ⅲ. ①散文集—中国—当代②诗词—作品集—中国—当代 Ⅳ. ①I217.2

中国版本图书馆 CIP 数据核字(2015)第 224881 号

出版人	曹宏举
责任编辑	叶敏娟
责任校对	康 莹
装帧设计	姚 洁
出版发行	当代中国出版社
地 址	北京市地安门西大街旌勇里 8 号
网 址	http://www.ddzg.net 邮箱：ddzgcbs@sina.com
邮政编码	100009
编辑部	(010)66572264 66572154 66572132
市场部	(010)66572281 或 66572155/56/57/58/59 转
印 刷	北京润田金辉印刷有限公司
开 本	640 毫米×960 毫米 1/16
印 张	16 印张 1 插页 69 千字
版 次	2015 年 10 月第 1 版
印 次	2015 年 10 月第 1 次印刷
定 价	38.00 元

目录

写意音符　101

自序

“纳什均衡”与北大公益讲座

（一）

2015年5月23日，正当北大公益讲座志愿者在重庆巴南二圣镇天坪山，探寻在中国农村实现“纳什均衡”可能性的时候，西半球传来一个不幸的消息：“纳什均衡”理论缔造者、美国数学家约翰·纳什与妻子阿莉西亚，在挪威领取了数学界的阿贝尔奖之后，因车祸遇难。

纳什生于1928年6月13日，是美国著名数学家。1958年，纳什因在数学领域的杰出成就，被美国《财富》杂志评为“当代天才数学家中最杰出人物”。纳什在博弈论方面的成就广为人知，正是他提出了著名的“纳什均衡”非合作博弈均衡的概念。

1994年，纳什和另两位博弈论学家共同获得诺贝尔经济学奖。2007年诺贝尔经济学奖得主，同为博弈论大师的迈尔森认为：发现“纳什均衡”的意义，可以和生命科学中发现DNA双螺旋结构相媲美。

自30岁起，纳什长期遭受偏执型精神分裂症的困扰，但到了20世纪80年代末期，纳什渐渐康复，从疯癫中苏醒，奇迹般走出了疾病的阴影。曾获得2002年奥斯卡最佳影片奖的美国影片《美丽心灵》，就是根据纳什的传奇人生经历改编而成。

纳什已经离我们而去了。在得知这一消息的那一刻，我知道，这个世界即便失去了约翰·纳什，“纳什均衡”仍然是人类追求和谐社会关系的美好目标。

1994年，纳什在获诺贝尔奖的典礼上发表感言：“我一直相信数字、方程式和逻辑关系。它们总是为我指引真理。但追求了一生的真理之后，我问自己，什么是真正的逻辑关系？真理又是由谁来决定？最终，我还是回到现实中，找到了一生中最重要的发现：在爱的支持下，任何逻辑关系和真理都会被发掘。”

纳什66岁的这段感言，很深刻！而且，与其说这是一个数学家对于探寻世界的表述，不如说是一个文学家对人生真谛的表述。爱，是文学永恒的主题，而逻辑和真理，总是冰冷的。如果纳什所说是对的：“在爱的支持下，任何逻辑关系和真理都会被发掘。”那么，没有了爱，我们既没有可能去发掘逻辑和真理，也不需要逻辑和真理。

从1995年在北京天则经济研究所听到纳什这个名字开始，“纳什均衡”这个经济学概念，就一直在我的脑海中不断出现。在深入思考“纳什均衡”的过程中，我对博弈论的理解渐渐清晰。这一过程也可以解释为什么我从1992年开始研究企业文化，到2000年转入经济学与企业文化关系的研究，进而到了2011年，毅然决然地转向创办北大公益讲座的心路历程。

（二）

1994年，在纳什获得诺贝尔经济学奖的同时，著名经济学家张维迎教授开始向中国读者介绍博弈论，并在北京大学开设博弈论课程。1996年，张维迎出版了《博弈论与信息经济学》一书。2013年，张维迎再次出版了关于博弈论的普及读物《博弈与社会》。封面的介绍文字是："追求幸福是人的天性，但基于个体理性的决策常常与集体理性相冲突，导致所谓囚徒困境的出现，不利于所有人的幸福。人类如何走出囚徒困境，走向合作共赢？"而在2015年5月25日，张维迎在得知纳什逝世后的第一时间在博客上留下亲笔字："对纳什最好的纪念，就是理解纳什均衡。"

均衡，是博弈论的核心概念，指博弈各方达到的一种稳定状态，没有一方愿意单独改变策略。

博弈论基本概念包括：局中人、行动、信息、策略、收益、均衡和结果等。其中局中人、策略和收益是最基本的要素。局中人、行动和结果被统称为"博弈规则"。

"纳什均衡"，是指所有局中人的策略，都能满足每一个人的利益最大化，因此，没有任何人有积极性改变自己的策略。换言之，构成"纳什均衡"的策略，对每个人来说都是最优的。

理解"纳什均衡"，只是第一步。接下来的思考是，在什么情况下，"纳什均衡"可以实现呢？或者说，人们是基于什么样的思考，而形成“纳什均衡”呢？

从2011年开始，我们尝试在一定的人群范围内，实现“纳什均衡”的途径，这就是北大公益讲座的一套公益模式。在这个模式中——

局中人：志愿者之间，没有任何依附关系，纯粹是“自由人的自由组合”（马克思语），彼此称呼“学长”，即“共同学习，共同成长”的简称。

行动：志愿者通过课程服务和分享会交流，在帮助别人的同时，实现自己的成长。

信息：因为坚持“非宗教、非政治、非灌输”的原则，志愿者之间的交流是开放的，每个志愿者都可以充分自由地分享对自我与人生的认识，以及对现实生活问题的不同理解，有关公益讲座的信息是对称的。

策略：因为志愿者之间没有政治和经济上的利害关系，所以，志愿者之间无须防范，越是真实和坦诚，就越容易形成合作分享。

收益：在公益讲座中，志愿者的收益，完全是精神上的自我满足。所以，不存在权力和权利上的冲突，真正可以做到“各尽所能，按需分配”（马克思语）。让每一个人从别人身上看到自己，同时用自己的成长，影响身边的人。

均衡：人与人在精神层面实现互助的“纳什均衡”，最大的好处，也是最有可能实现的基本原理是：每一个局中人对资源的共享，永远都是不冲突的，谁修谁得，共享的文化资源是取之不尽，用之不竭的。

结果：北大公益讲座四年多来，已经成为一批志愿者自我修行的道场，越来越多的志愿者，愿意在这个平台上，通过付出来成就自己。

“纳什均衡”对我们理解并构建和谐的社会关系的确非常重要。因为，任何规则的制定，只有构成一个“纳什均衡”，才能得到人们的自觉遵守。北大公益讲座的实践，也证明了“纳什均衡”在公益事业上的应用价值。

（三）

2001年，影片《美丽心灵》（*A Beautiful Mind*）上映。这是一部基于纳什的同名传记而改编的电影。该片获得了包括最佳影片奖在内的四项奥斯卡金像奖。

影片中最精彩的一幕是：在普林斯顿大学教学楼的过道里，纳什与虚幻中的室友查尔斯及其侄女依依惜别。纳什弯下腰亲吻了“不存在”的查尔斯的侄女。他是对的！这一刻他用这一颗真实的心灵，拥抱这个虚幻的世界。

当人们真挚地去爱这个世界的时候，其实并不必在意它是否真实地存在。当然，这是从精神病患者的幸福指数来考虑问题，正如对于理想主义者来说，如果真的爱这个世界的话，并非要看到了理想的实现，才肯相信理想能够实现。

北大公益讲座有四个理念，在很多人看来，是非常具有理想主义色彩的。例如第一条：让每一个接受过我们服务的生命：光明·圆融·善。这是我们的精神追求，我们志愿者自己是不是已经完全做到，不重要；我们能不能够让每一个人做到，这也不重要，重要的是我们相信，如果人人都向光明圆融善靠近一点点儿，我们周边的文化生态就会好一点点儿。而要迈向理想，我们必须回到现实：“用我们的做到，证明我们全部的说，是真实不虚。”

或许，我们永远无从得知精神病患者的内心世界是什么状态，但是，当我们看到纳什在度过了“三十年的黑暗时光”（其间甚至面临脑切除的可能）之后，又奇迹般地回到真实的世界，我只能相信，在人的心灵深处蕴藏的爱以及对爱的感知，有一种超越常规的力量。既然这种力量，能够把人从虚幻中拯救出来，为什么不能把人从现实引领到美好的理想中去呢？

正是从这个意义上说，“我们坚信，心能转境，决定幸福的是心而不是脑”（第四条理念）。而这里所说的心，就是心灵深处的爱心，亦是佛家说的慈悲心和智慧心，或阳明学说的“良知”。正是这颗心，让我们认识到，成就自己的唯一通路是：甘愿付出，进而享受付出，最后通过帮助他人而成就自己。换一句话说：成就一个幸福的自己，路径就是帮助他人，而甘愿并享受帮助别人，源自于我们的慈悲心和智慧心，这就是北大公益讲座第三条理念和第四条理念的内在逻辑。而电影《美丽心灵》却以真实的人生故事，为我们演绎了这个逻辑的现实发生。

人类的进步来自两个方面：分工与合作。博弈论让每个接受分工的个体都能真正认识到，合作是所有人的命运所在。而“纳什均衡”让我们知道：人的命运与其说在人的手中，不如说是在人的心里——有爱，就会有“纳什均衡”，因为爱到最后，是成就自己；没有爱，就不会有“纳什均衡”，因为理性总是有限的，忌妒和仇恨很容易改变一个人的策略，从而打破既有的均衡，哪怕这个均衡是对大家都有好处的。这或许就是《美丽心灵》这部电影，从一个全新的角度（即心灵的角度）来讲述现实版“纳什均衡”的故事，并得到高度赞赏的原因所在。

（四）

看完《美丽心灵》这部电影之后，观众的脑海里会不断回旋这样一些片断：这对男女主人公，那光彩照人的生活竟惨遭不幸，令人感到惋惜，同时也对彼此最终依靠爱和顽强的精神而走出困境，深表敬意。

两颗美丽的心灵，一个是对丈夫无怨无悔的爱，充满悲悯的关怀和人性美；另一个是面对病魔不屈不挠的抗争，不被心理的痛苦所局限，从不放弃对理想的追求。在与艰难困苦的长期斗争中，正是因为这两颗美丽的心灵，经受住了百般折磨，而更加闪耀着动人的精神光芒，人生得到了伟大的升华。

不是数学，不是经济学，不是病理学，也不是心理学，而是人性的美学成就了这部电影。两颗心灵因爱而达到的“纳什均衡”，是这部电影最重要的价值所在。

美学家蔡仪对美的定义是“和谐即美。”而在人类的合作中，均衡即和谐。

早在1917年，蔡元培在北京神州学会的讲演词（后发表于《新青年》杂志）《以美育代宗教说》中，就将宗教与美育进行对比，认为宗教具有明显的局限性：一、美育是自由的，而宗教是强制的；二、美育是进步的，而宗教是保守的；三、美育是普及的，而宗教是有界的。因此，蔡元培提倡“以美育代宗教”，使国人的感情勿受污染和刺激，使其受艺术熏陶而纯正，满足了人性发展的内在需求。

基于对蔡元培先生对美育重要性的认识，北大公益讲座提出了五项原则：1. 纯粹、纯洁、纯净；2. 尽善、尽美、尽心；3. 无组织、无纪律、无收入；4. 非宗教、非政治、非灌输；5. 不做广告、不接受媒体采访、不接受捐款。

纯粹、纯洁、纯净，是志愿者对美的精神追求；而尽善、尽美、尽心，则是在践行过程中，实现这种精神追求的具体落实；无组织、无纪律、无收入，即：没有强制，没有诱惑，绝不墨守成规，没有界限，没有要求，有教无类，“来者不拒，往者不追”；非宗教、非政治、非灌输，我们只是通过精美的课程设计，采用声光电技术，使用音乐、诗歌、朗诵、电影、歌曲等等艺术手段，努力为听众营造美好的艺术享受环境，达到轻松愉悦、自我熏陶、自我感悟的状态，从而让身心放松，使人在宁静中得到休息，细致地感知内心深处真实的需求，进而找回那个真实的自我。

其实，真善美也是一种“纳什均衡”。当我们所做的公益，表现出的是真诚的时候，善才容易被接受。否则，做公益往往容易被人理解为作秀，甚至产生伪善的错觉，可以说，失真的善，很难持续；

而当我们的善良，还能以一种美的形式表现出来，就能够更加容易地触及人的内心深处对善的渴望。在美的陶醉和愉悦中，产生的暖记忆，对于生命的成长，是深刻而持续的，因为艺术的熏陶，往往可以使人的品格在更深的层次变得纯正而高尚。

在我们的课堂中，最受欢迎的不是课程的语言部分，而是穿插于课程中的配乐诗朗诵。《慧命之光》《灵魂的求诉》《灵魂的守望》《回家的路》《一切都会过去》《假若自由明天来临》等一批散文诗，不仅让人在现场受到感动，而且成为一些志愿者的业余功课。在优美的音乐伴奏中朗诵这些原创作品，的确成为志愿者的一种精神享受，甚至在各种聚会、沙龙活动中，朗诵这些原创散文诗，成为一些志愿者的特殊爱好和交友的重要方式。

北大公益讲座四年多来的实践，进一步证明了“美育永远都是满足人性内在发展需求的最佳途径”。

（五）

北大公益讲座有一项原则是：不做广告、不接受媒体采访、不接受捐款；有一个方针是：低调做小。提出这样一种自我约束的理由很简单：恐龙死了，蚂蚁还在。

生存是合作的最基本的前提，而“纳什均衡”，作为博弈论最重要、最一般化的均衡概念，对于我们理解并构建和谐的社会关系是非常重要的。而对于北大公益讲座来说，为了寻求持续生存，深入理解“纳什均衡”，并在实践中加以运用，就显得十分必要。

“纳什均衡”有一个很重要的特点，即信念和选择之间的一致性。也就是说，基于信念的选择是合理的，同时支持这个选择的信念也是正确的。

我们在运行模式的设计上，充分考虑到如何实现博弈的“纳什均衡”。具体表现在以下两个方面：一是与社会的互动关系，二是志愿者的内部关系。

首先是与社会的关系。我们接受分工，只做公益，而且只限于做我们特设的课程以及分享主题的文化公益。志愿者放低身段，放下利，放下名，放下自以为是，做完了，就放下，没有纠结，没有烦恼。这缘自我们坚守自己的理念，不改初衷，对外部世界，不贪不取，对于交往中的任何人，不攀缘，也不求缘，我们只是向内求，坚持自我修炼，并期望能做到笃初慎终，一直做下去。

其次是志愿者之间的关系。“自由人的自由组合”，是人类追求美好世界的一个理想目标。由于我们坚持与宗教、政治、经济完全脱离，所以，凡是参与其中的志愿者，都是出于助人为乐的信念选择，保证了局中人动机的“纯粹纯洁纯净”，因而彼此的策略也是简单明了的，加上信息上的完全公开，没有任何需要防范的各类合作风险，所有的规则均无冲突，也就构成一个“纳什均衡”，得到人们的自觉遵守。

在走进北大公益讲座之前，尽管我们没有设定规则的门槛，但志愿者心中其实是达成了一个隐性协议，这就是我们的“三个放下”“四个理念”“五项原则”。因为我们是无组织、无纪律的，所以，我们既不存在外部强制执行，也不存在内部的约束，而每一位志愿者之所以有积极性去自觉遵守隐性的协议，是因为信念的选择，并对隐性的协议高度认同，于是构成一个“纳什均衡”。即使有人不愿意遵守这个隐性的规则，也只是选择自由离开，而不是选择留下来不合作。

在实践过程中，我们也很清楚：“纳什均衡”不一定是帕累托最优的，但有限的帕累托最优，只有通过“纳什均衡”才能实现。对于不同的志愿者，我们不保证在跟进的过程中，人人都能得到益处，也不对志愿者的自我成长做出任何承诺。在运行模式的设计上，我们只能尽力帮助有缘的人，通过小范围的有限“纳什均衡”，实现帕累托最优。

四年多来的实践，还告诉我们，“纳什均衡”的确具有预测自我实现（self-enforcement）的特征：当志愿者都认为我们的目标可以实现的时候，只要努力去做，这个目标果然就真的实现了。在一些跟进时间较长的志愿者中，我们也看到了彼此之间深度交往的“纳什均衡”，而这样的“纳什均衡”，也确实能够满足自我成就所需要的成长条件。

纳什走了。能在生前获得诺贝尔经济学奖，不是他的专属，但在生前能看到以自己的人生经历拍摄的电影——《美丽心灵》获得四个奥斯卡大奖，这或许只有他一人。这是不可逾越的高峰。

《美丽心灵》是诗，“纳什均衡”是远方。

是为《诗与远方》序。

2015年5月27日

蓝色梦想

盼望　追求　造境

（一）

童年的快乐，总是与盼望连在一起：盼过年，有好吃的，而且还有新衣服穿……

少年的快乐，总是与玩连在一起：盼放寒暑假，可以睡到自然醒。夏天钻玉米地打仗、捉知了、下河游泳、晚上捉迷藏；冬天钓鱼、滑雪橇、用手电筒照冬青树上的麻雀，然后用弹弓瞄准，一发一“扑哧”，真过瘾……

后来长大了，知道没有大学可上，于是，盼着早点上山下乡，远离父母的唠叨，自食其力，减轻家庭负担。那是 1973 年，那年 16 岁……

1976 年，当上兵了，盼比武，盼打仗……

1980 年，退伍了，盼着有一份好工作，也盼着能偷偷摸摸、一鸣惊人考上大学……

1982 年，上了大学，盼着将来成为作家，信奉“一本书主义”……

1985 年，当了一家国企的团委书记，盼着有朝一日，高人赏识，一路攀升……

1989 年，坐上了国企老总的位置，盼着成为国企改革的典型，到处上台做报告……

1992 年，终于“下海”了，盼着建立一个这样的企业：不以股东个人拥有多少资产为目标，而以企业能运作多少社会资源，并创造出更高的经济价值和社会价值为目标……

2005 年，受聘北京大学产业与文化研究所常务副所长、研究员，盼着自己能以研究成果立足于学界……

2011 年，盼着拥有一件永远不退休的事儿，云游四海，一直用自己的做到，去讲《从生命到慧命》《光明圆融善》《幸福是想出来的吗？》《如何思想才有力量》……

有盼望，那是因为有希望，这是理想主义；去修行，那是因为无修无得，这是现实主义。现实主义，很好！理想主义，很妙！鱼和熊掌可遇不可求，得之当珍惜。

转眼，北大公益讲座走过四年多，将迎来第 500 场。一路走来，一直有人在问：“你们的终极目标是什么？”哪里有什么终极目标，一切都会过去的。我们只是有一点点盼望而已。这个盼望也不是什么秘密，早就写在我们的四个理念之中，而且把有关这个盼望的内在逻辑也说明白了：

“向前，向前，向前……”此刻，耳边仿佛响起了 38 年前，走在大路上唱的那首歌……

我们盼望：让每一个接受过我们服务的生命光明圆融善！

实现这个盼望的途径：用我们的做到，证明我们全部的说，是真实不虚！

因为我们已经证得：甘愿付出，享受付出，帮助他人就是成就自己。

而我们之所以有信心一直做下去，是源于：我们坚信，心能转境，决定幸福的是心，而不是脑。

盼望，其实是一个愿。愿，是原来那颗心，人之初的本心。愿力，是原动力；有动力，生命就奔腾向前。

（二）

1889 年 7 月 14 日，在法国巴黎召开的社会主义者代表大会通过了一项决议：把 5 月 1 日定为劳动者的共同节日。以此纪念曾经为“追求劳动的权力”和“追求劳动的权利”进行斗争所取得的胜利。

然而，不论是“劳动权力”，抑或是“劳动权利”，最终都是实现劳动者追求幸福生活的手段。

人们追求幸福的手段是多元的，但无论采用何种手段，有三个问题，事先需要厘清：1. 你的追求是否侵犯别人的追求，也就是追求的正当性；2. 即使你的追求是正当的，但那是你真正想要的吗？3. 即使你的追求是正当的，而且也是你真正想要的，需要那么执着吗？

北大公益讲座第一阶，已经涉及一个严肃的话题：谈生死，谈身体与自我意识的关系，其中有一句送给听众的很重要的话：“珍惜而不执着。”生命是伟大的，所以要珍惜；生命的形态又是无常的，所以不可执着。生死不过是“去去就来”，如果能修到“此去如来”

的境界，则一切追求，必达，又不必达。

北大公益讲座一路走来，我们没有刻意去追求什么。因为我们知道，刻意追求其实是强求。缘分没到时，如果去强求，结果很可能适得其反，欲速而不达。而对于志愿者的态度，我们历来坚持“来者不拒，往者不追”；对于课程的推广，我们只是一切随缘顺便，从来不存在势在必得的执着。

其实，对于什么是美丽，什么是可爱，什么是好，什么是合适，什么是高大上，什么是受尊敬，什么是优美，什么是动听等等价值的追问，通过第三阶《幸福是想出来的吗？》的学习分享，大多数志愿者都已经了解：人生所追求的一切，都是与自身当下的生命品质和状态相关联，生命的过程是个体生命与外部世界的互动。只有追求内心的真实感受，才是让自己由内而外快乐的根源。

所以，我们提出“不做广告，不接受媒体采访，不接受捐款”的原则。我们不追求轰动效应，只是默默前行，是想通过自己的努力，不断追求课程内在的品质，而不是外在的热闹；是在追求“说我所做，做我所说”，而不是如何吸引眼球，如何扩大外部影响力。

所以，我们一直在说：北大公益讲座，其实是“讲做”。讲就是在做，讲了就去做；讲我所做，做我所讲。老子在《道德经》里早就说过：“圣人处无为之事，行不言之教。”尽管我们穷极一生的努力，也不可能达到脱凡入圣，但高山仰止，虽不能至，却心向往之，脚下行之。当我们意识到这一切的做，只是为了抱着完善自我的目的出发，高调实在无须，因为无益。

很庆幸的是，在众多公益事业中，我们选择了自己力所能及，并且是与擅长和爱好能够完美结合的公益方式。北大公益讲座没有必须完成的指标和任务，不存在与外部的任何竞争与冲突，所以从来没有什么压力，一切都是在顺水推舟，水到渠成。我们真正追求的是以一种无为的心态，做有所作为的事；以扎实的功底，做细水长流的活儿；以从容的姿态，一步一个脚印地走向远方。

就我个人而言，把自己54岁后的人生坐标定位在北大公益讲座上，是基于以下四个因素：一、经历了复杂之后，寻求简单的生活方式；二、在物质生活的基本需求得以满足之后，寻求精神上的清静；三、在自我有了一些能力之后，寻求一种能对别人有所帮助的生命形式；四、争强好胜之后，寻求一切随缘。

（三）

北大公益讲座的内容，简单到9岁的孩子都能听懂，但走出课堂以后，敢说“接下来我都能做到”的人，实在是太少。究其原因，莫过于知易行难！不是蜡烛没灯芯，而是外面的风太大，市俗的力量太强大。

从这个意义上说：北大公益讲座的成长，实际上是一群真正跟随自己心的人，在“慧命之光”点燃之后，笃初慎终，不忘内在真实的追求，一直在修中行，行中修，而且一切的做，不是做给别人看，只是做给自己看，用自己的行动向自己证明：“我是一个光明圆融善的人。”这是北大公益讲座的力量所在！

北大公益讲座的志愿者有一个非常优秀的品质：TA们知道自己虽然只是烛光，很渺小，但从不自卑；TA们有热度，但却不会灼人，更不会追风伤人；TA们是光，但却不耀眼，更不会刺眼。TA们只是用燃烧自己的生命来付出自己的爱，并在这个公益活动的过程中，去证明宇宙的法则：只要燃烧自己，向外界送去光和热，空气就会聚拢，为你提供燃烧所需要的源源不断的氧气。

我一直都相信：只有去做，生命才能成长。想，固然很重要，但仅仅是想，不会成长，不会到达。更何况只会背常识、背章句，离修行就差得更远了。

一路走来，我们欣喜地看到，不再纠结于“跟不跟北大公益讲座”的志愿者，都渐渐地从甘愿付出走向享受付出，终于了悟一个简单的道理：在这个共同修行的道场，每一个人既是演员，也是道具。或者换一句话说，在这个平台上修行，自己既是蜡烛，又是氧气；既被别人点燃，也在点燃别人。

越来越多的志愿者已经明白，只要持之以恒，前面就是一片新天地，而且有个更大的在等着，走过去，成就的终究是自己。而人生所遭遇的一切，都会在光明圆融善之中生化演变，只需用心去看待，就能看到每一个发生背后的意义。同时也看到了，在别人身上，没有对错，没有好坏，没有是非，唯一要修的，只是自己。从此放下试图改变别人的执着，清楚地知道了，今生今世能改变自己，就已经很了不起了。

一批志愿者在付出过程中的一系列变化和成长，或许可以说是北大公益讲座的一项功德，因为它满足了经济学“纳什均衡”的特征，因此这项功德是属于大家的。

通过北大公益讲座的实践，来印证有关“纳什均衡”在社会学方面的意义，可以说是我们的初心，也可以说是我们希望得到的一种造境的智慧。我们并不想当英雄，而是要当赢家。只要我们的一批核心志愿者，清楚地了解北大公益讲座致力的不是做强做大，而是一种造境的智慧，自然就会渐入佳境，从而找到享受付出的快感。我们笃信：只有在享受付出的过程中，这项公益才能走得更扎实，更具有持续力。

尽管我们说自己没有什么终极目标，认为那是宗教讨论的话题，但我们还是有所盼望的。我们盼望志愿者有朝一日能够“以自为师，各自为师，相互点燃，共同造境，生生不息”。当然，这已经不仅仅是一种盼望，其实我们也坚信：未来一定会有一批志愿者，经过自己努力，能够到达“以自为师”的境界。如果要问这样的一种境界是什么样子，或许可以做如下描述：

1. 他们真正做到，即使没有北大公益讲座，照样“光明圆融善”，并让每一个与之有缘的生命“光明圆融善”。

2. 他们在传播“光明圆融善”的过程中，不只是用说，而是用自己的做到，来证明自己全部的说，是真实不虚。

3. 他们终于从甘愿付出，到达享受付出，完全相信，并已经通过自己的修行证得：帮助他人，其实是成就自己。

4. 他们已经能够觉察起心动念，能够念念分明，能够别无他念，并且可以用区区一念，改变周遭的环境，叫做圆融万象。

5. 他们是用心，而不是用脑去转境，并在任何时候、任何情况下，都能做到化境为宜。

6. 他们在从自我到无我，从无我到慈悲，从慈悲到智慧，从智慧到自在的修行路上，让自己的生命每一天都有所不同，或者说，在从生命到慧命的路上，不断寻找更高层次的人生幸福。

基于此，所谓的“跟北大公益讲座”，不再是跟某个人，而“跟一群有缘人在一起”。这个意义上的“跟”字，超越了“跟随”的语义，是“跟大家在一起，共同学习，共同成长”的意思。具体地说，就是作为志愿者之家的慧至堂，由一批核心志愿者作为中坚力量，使之成为一个遵纪守法、自我修行的道场，而这一切，都与郭梓林这个人在不在场没有关系。

如果说经济学是关于如何解决资源稀缺的一门学问，那么我们一直坚信：当你成为爱，所有资源都会涌向你；不为行善，资源亦是浮云。我们正是基于对经济学的如是理解，才一直坚定地走在光明圆融善的路上，并践行信、解、行、证。

善良并快乐着

（一）

善良的人，一般都有两怕：一是怕孤独，二是怕做好人得不到相应的回报。

行善还有孤独感，那是因为定力不够。增加定力有一个简单易行的办法，就是去找到那些志同道合的人一起修定力。而要真正获得内在的定力，必须坚信：心能转境，决定幸福的是心而不是脑。内心的强大，才是战胜孤独感和恐惧感的力量源泉。

行善还有所求，必生烦恼，远离烦恼，别无窍门，只是放下所求，无求便无恼。对外放下企图心，必须真正理解：甘愿付出，享受付出，帮助他人其实是成就自己。当付出成为一种享受的时候，“助人为乐”才是真的。这样一个思想上的根本转变，之所以很重要，因为“正念正心的付出，是即时回向的”。

因此，北大公益讲座其实是在进行这样一种尝试：在这个平台上，让志愿者通过甘愿付出到享受付出的过程，得到快乐并找到一个更好的自己。

创建北大公益讲座，并不是想去改变别人，而是为志愿者营造一个修正自己的平台。在这个平台上，因为大家都是因善而来，所以，客观上起到了一个作用，即帮助志愿者找到与自己的人生理念相近的人，从此战胜孤独感和恐惧感。因为大家都不是为了在这个平台上谋取权、钱、名，所以，可以避免交往中因贪而生的烦恼，真正为志愿者带来精神上的快乐。

（二）

听北大公益讲座的课程和参加分享会，是快乐的。但这种快乐，能不能持续？这就是志愿者自己的事情了。课程再好，活动再多，都还是外在的，就像吃药，能管多少天呢？大家在一起时固然快乐，但快乐之后还是要回到自己的生活环境中去。

快乐，为什么会因为环境的改变而消失？为什么总是很短暂？因为我们有分别心，对有的人、有的事，我们会产生快乐的感觉；而对另一些人、另一些事，我们会厌恶，会反感，甚至愤怒、仇恨。总之，生活中有太多的不如意，不如意一来，还能不能快乐，这个需要定力。

南宋词人辛弃疾词《贺新郎·用前韵再赋》："叹人生、不如意事，十常八九"。辛弃疾之后，有宋人方岳诗："不如意事常八九，可与语人无二三。"可见快乐不容易，持续快乐就更不容易了。

然而，即使人生如此艰难，但还是有人过得快乐，并且可以让快乐持续。中国近代知名的书法家于右任（1879~1964），饱经沧桑沉浮，却一生淡泊，荣辱自安，晚年自号“太平老人”。常有友人问及他高寿的养生之道，他总是指指客厅墙上高悬的那幅写意莲花图，笑而不言。图的旁边是一副对联。上联：不思八九，下联：常想一二，横批：如意。

能够做到“常想一二，不思八九”这个功力，已经是很高的了。但是这要求有一定的定力，定不住的话，不该思的会去常想，该常想的往往不思。不过，还有一种解脱的方法，或许更彻底，这个方法是把所有的发生都看成是对的、好的。这样的“转”就不是视而不见，听而不闻，而是来一次彻底地转，然后就永远快乐了。

所以，北大公益讲座能解决的是，在特定的时间、特定的空间、特定的人群，让志愿者感到真正的快乐是存在的，相信快乐并不是与自己无缘，而且快乐的心情的确很美，只是接下来的事还得自己去修，毕竟我们不是圣人，而是凡人。

（三）

北大公益讲座的志愿者，是一群善良的人，而且是一群甘于平凡的善良人。我们的全部快乐，也正是来源于这种甘于平凡。

甘于平凡，是因为我们明了：远处有美丽的风景在等待，而当下才是真实的生活；有心走进风景，才是人的生活；认真活在当下，才是真实的生活。

甘于平凡，是因为我们懂得：缘深者，多聚聚；缘浅者，随 TA 去。缘分不能求，也不能攀。而“来者不拒，往者不追”正是体现了我们坚持以平和、淡泊的心态，在做一件我们自己喜欢的事情，在这件事情上，我们心甘情愿、得心应手、张弛有度、从容不迫，乐此不疲。

甘于平凡，虽然散去了世人羡慕的光环，却可以自由地享受大自然的阳光雨露，享受本真生命中那份因简单而快乐的幸福。公益讲座开办以来，志愿者一路跟随，已经绕地球六圈半。真正是行万里路，吃千家饭，阅无数人，山川名胜，风土人情，民俗俚语……都在顺便中平平淡淡地领略感受。当这样的志愿者，哪里有不快乐的呢?

北大公益讲座的志愿者，越来越清楚：人的一生可以看到很多景色，只有安静的时候，才能看到自己；人的一生可以听到很多声音，只有安静的时候，才能听到自己。所以，我们求静，而不是求闹。理由很简单：因为静静静，才能强劲有力，而且省电。所以，我们愿意在一起听音乐，我们愿意享受朗诵诗歌的快乐，我们愿意在一起平静地分享彼此的点滴进步……

（四）

人生有两怕：一是怕死，二是怕麻烦。死是没办法的，怕也躲不了。能躲过的是麻烦。在生活中，如何做到不给自己找麻烦，不给别人添麻烦，不让别人找自己麻烦——这大概是一个人到达一定年纪后追求的一种基本生活状态。

而要做到这一点，须了解人活在这个世界上，其实只有三件事：自己的事、别人的事和老天的事。这三件事已经清晰划分了我们自己的界限，并决定了一个人一生找到幸福的路径。

北大公益讲座从一开始，就划定了这个界限：1. 这是一个修自己的道场；2. 人家有所收获，那是他自己的福报，他最应该感谢的是自己；3. 北大公益讲座是老天给我们的修行工具，顺便随缘就好了——放下自以为是，不去抗拒任何的发生，并且从接受一直到享受所有的发生。

关于三件事，这段朋友圈的话，写得很精准，就直接引用了：“自己的事，只能自己做，不要依附他人；别人的事，只可以尊重和接受，不要强加干涉，也不应该干涉；老天的事，好好配合，天下雨就要打伞出去，生在一个贫穷的家庭，就得学会简朴生活。

“当一个人缺乏界限感时，常常把自己的事托付他人，邀请他人跨入自己的界限；也常常把自己的意愿强加于人，强行跨入他人的界限；硬要与天作对，遇事还说老天不公平。这样的人，往往会陷入没完没了的麻烦。”

（五）

无论是对自己，对别人，对老天，接受，才能享受。连接受都做不到的人，这辈子就有得受。有的人总是抱怨：“这怎么能接受得了？凭什么我要接受？”

伟人之所以是伟人，因为他们完全接受生命中的一切发生，因此他们有资格享受生命赋予的一切。世人推崇霍金，不仅仅因为他是科学泰斗，更因为他还是一位接受生命的挑战、让生命永远战胜病魔的斗士，他所拥有的深邃目光和宁静笑容，代表着这个星球的生命在智力和精神上有资格与宇宙人对话。

如果有人说：“人来到这个世界，其实，最后什么都是没有，真正拥有的是智慧。能够带着智慧的生命离开世界，就是人生最大的幸福。”信吗？如果不信，就很难理解霍金，很难理解有一种快乐是从接受到享受。

因为一切都会过去，何不享受所有的发生呢？

我们只是在度己

（一）

开完两天的公益讲座，即将告别厦门。某研究机构的院长，通过酒店的志愿者约见我们，想一起聊聊有关北大公益讲座的事儿。

我们寒暄之后，便聊起了北大公益讲座的创办与发展，也分享了许多听众与志愿者上课的感受与改变。

这位院长听了之后，似有感触地说：“嗯，听你们这么讲，北大公益讲座和宗教一样，都像一艘船，可以把人从这里载往更好的地方，这就是度啊！”

尽管是一番好意，对于这样的赞誉之词，我还是当面给予否认：“佛家讲度众生，而北大公益讲座，只是邀请众生一起度！佛又说，无人可度。是故，度人之心不可有。”

现实生活告诉我们：独行快，众行远。北大公益讲座只是希望志愿者用自己的做到，创造并护持一个善的环境，让更多的有缘人，通过接触北大公益讲座，有机会看到一个真实的自己，通过改变自己，让身边的环境因自己的改变而改变，最终拥有一个更好的自己！

佛家还说：菩萨需要众生，众生不需要菩萨。这句话，好深好深……

如果我们是在行菩萨道，那就真诚地弯下腰，给每一位来听北大公益讲座的听众鞠躬，千万不要认为 TA 们有什么问题，我们有什么办法解决 TA 们的问题。我们全部的做，只是要解决自身的问题。

如果我们是众生，千万不要以为菩萨需要我们帮助 TA 们行善。愿意跟随，只是我们发现了自己的心性，潜意识的自己开始展现，从而知道了，只有通过行善，才能让自己从生命走向慧命。

北大公益讲座志愿者的所有做到，其实说到底，与别人无关，只是自己应该如是而已。否则，会在帮助别人之后，慢慢开始怀疑自己是不是被人家利用，还会生起看不惯有些志愿者的某些做法或态度的念头，在外部找原因，进而找到退缩的理由。

（二）

北大公益讲座的第三条理念写得清清楚楚：“甘愿付出，享受付出，帮助他人其实是成就自己。”前面 15 个字都是路径，最后 4 个字是目标：成就自己。所以，志愿者所做的一切，都是在度己。北大公益讲座，只是一个志愿者自我修行的工具和道场。

“人之患在好为人师”。我们北大公益讲座的讲师和分享会主持人，不是想去教导别人怎么做人做事，也不会试图用语言去改变别人，而是真诚地分享自己如何把思想搞成一致，做到“言行一致”，“知行合一”。通过自己的改变，让生命越来越好，然后，才有可能在无形中影响到身边的人。在这个过程中，最后成就的其实是自己。

更重要，也是更深的一层是：我们很清楚自己是凡人，如果不通过帮助别人，完全靠自己在家打坐静修，很难成就自己，因为没有那么好的定力。所谓“人生只为自己，或许能成功；只有为别人，才能成就”，而“帮助别人，其实是成就自己”的真实内涵，还在于此。

或许，以下这个故事更能说明问题——

有一位青年人问法师：你们为什么要拜泥做的菩萨呢？

法师：你打过篮球吗？

青年：打过。

法师：打篮球为了什么呢？

青年：锻炼身体呀。

法师：既然是锻炼身体，就在场上自己跑就好了，为什么要有一个篮球呢？

青年：那多没意思呀。有了篮球，就有兴趣锻炼身体。篮球只是锻炼身体的工具。

法师：是呀！自己修，不容易，所以，需要借助工具。

北大公益讲座，其实就是那个篮球，慧至堂就是篮球场。所以，所谓“讲座”其实是“讲做”：讲的内容，都是有关回到工作和生活中，要去做的事情，此其一。

讲课的过程，跟着讲座外出服务的过程，分享会上真情实感的交流，慧至堂微信群的文字分享……都是在做，做给别人看的同时，也是做给自己看，此其二。

讲比较容易，也很有快感，讲完了，要“用我们的做到，证明我们全部的说，是真实不虚”，就不容易了。

讲，还是属于知的范畴。真正的修，是从做开始的，不做，还是一场空。我们常常说：志愿者如果还请不动家里人和好朋友，来到北大公益讲座的课堂，唯一的原因，是你还没有做到。

推荐人没有做到，被推荐人为什么要相信这个讲座对人有帮助呢？所以，志愿者的跟，最终还是要落到修自己。

佛说，度人之心不可有。因为无人可度，外面没有别人。

一句话：一切是自己，自己是一切。

付出，从甘愿到享受

北大公益讲座，已经开讲四年多了，每每讲到“甘愿付出，享受付出”的时候，都有人提出：“只有财务自由了，才好谈付出。”

我们常说：不要问世界应该给你什么，而要问，自己这一辈子可以拿什么给予别人。即便再怎么没有钱，还是可以对身边人好一点的，如果一直做不到对别人好一点，未来还是很难有钱。因为，在自己都没有钱的时候还能对别人好，将来给你钱的人有的是。当钱比你大的时候，你要追钱；当你比钱大的时候，钱自然会来追你。

“这个世界上，没有人必须要对你好，关键是看你能不能做到甘愿付出，享受付出。”——你信这样的话吗？

北大公益讲座志愿者的付出，何以是“不为什么的付出”呢？

人的社会角色，是来自于个体远离了“真我”而创造的一种人格。这样的人格，其实是失真个体的一件外衣。

现实生活中，每个人不自觉地穿着“角色的外衣”，用以获得他人的认同，取悦于别人的接纳与欢喜。

通常，这件人格外衣的形成，来自于童年，因对爱的需求而遭遇的失落，以及心灵曾经受到过的创伤。长大后的个体，为了自我保护，以避免心灵因痛苦的回忆再次受到伤害，于是，用角色的外衣把自己伪装起来，用以否认内在真实的需要。这样的结果，充其量只能使当下的生命，成为一个不真的拯救者。

然而，在角色责任里的付出是沉重的，是患得患失的。因为付出的过程并没有包含真实的自己，因此意识与潜意识是不一致的，是冲突的。这样的给予，是空落落的给予，因为太追求成果。

于是，老天爷就开一个大玩笑，会让这种付出的人，到头来没有成果。这就是为什么有的人，常常付出很多，却困惑于毫无成果的根本原因。因为，失去真我的付出，是牺牲；或者说，缺失真我的给予，只是一种越陷越深的牺牲，终究不会走上一条从甘愿付出到享受付出的喜悦之路。

不甘愿，必有痛苦；不享受，必不长久，并且不可扩展。

如果付出的意图，是为了自我被别人认同，或者为了避免自我受伤，那这样的付出，不是心甘情愿，而只是来自于角色的需要，或者美其名曰：社会责任。而这种付出，其实是有条件的，它的内在动力，从本质上说，是恐惧，而非爱；是不得不，而非内心真实的需求。所以，凡有条件的付出，是迟疑的，是纠结的，是不可持续的。只要有求，必有烦恼。

脱下角色外衣的付出，之所以可以从甘愿到达享受，是因为能够诚实地面对自己内心的意图，“潜意识的我”与“意识的我”实现了完全的统一。

只有来自“真我”动机里的爱的付出，才能获得内心的平和与满足，这时给予者即是接受者，生命即达到爱的合一境界。

基于以上认知，北大公益讲座志愿者讲的付出，是找回自我之后的付出；是甘愿，进而达到享受的付出；是基于“帮助他人，其实是成就自我”的深刻认知，而理性地选择“信解行证”的喜悦的生命过程，换句话说，是脱离了功利主义的，脱离了低级趣味的，不为什么的付出，而这种付出，已经把自利与利他完全融为一体。

放下“得”，“失”就放下了

（一）

北大公益讲座讲三个“放下”：放下“利”，放下“名”，放下“自以为是”，并且坚持“不做广告，不接受媒体采访，不接受捐款”的原则，是因为我们已经把得失想好了：放下“得”，“失”就放下了。于是，得失就不用去想，只是区区一念，去做就好，“用我们的做到，证明我们全部的说，是真实不虚”。因为没有得失之念，所以就没有患得患失。每次做完了，就感谢听众，然后就放下，轻装向前，一切如行云流水，道法自然，随缘顺便。

我们发现，这些年来越是跟进的志愿者，越轻松，越喜悦，终于找到光明圆融善的感觉。经历告诉我们，凡做公益慈善，若有外在的贪求，必会生出得失的判断，有了得失之念，内心必生出患得患失的纠结：“凭什么我要去帮他们呀？对我有什么好处？”此问一来，就犹豫了，而犹豫的第一个动作，就是踩刹车。

说“放下”，常常会有人反问：“我还没有拿起，谈何放下？”有道理！没拿起，放下什么呢？所有的放下，当然是先要拿起。没有拿起，谈放下，总是少了一些说服力。

但再细细想想，好像又不对。人的欲望永远都是大于可能，而可能总是大于机会，机会总是大于能力……所以，没有拿起时，说的放下，是指在全部可能中，你要放下一些可能；在所有的机会中，你要选择某些机会；在已经选择的机会中，你要拿起与你能力相匹配的那件事。所以，没有拿起，也是可以谈放下的。放下不切实际的想法，放下喜欢却得不到的，放下可以得到却又不喜欢的。

有一次我问儿子：“为什么要把家搞得这么乱？”他说：“每一样我都想玩呗。”这是什么哲学？原来“乱”与人的欲望太多，有直接关系。孩子是老师啊！人，不可能只有一件事可做，但做多了，时间精力有限。为了在有限的生命中，实现人生价值的最大化，实在做不过来的时候，自然要做出取舍，舍就是一种放下。

例如，5×6×7×8×9，如果必须放弃一个数，自然是放弃5。因为留下的四个数之积，比其他组合都要大。以此类推，放弃两个数，放弃三个数，道理都是一样的，留大放小。所以，放下是选择的结果，不是什么都不要，而是选择那个对于生命最有价值的生活方式。比方说，放下“利”、放下“名”、放下“自以为是”，那是因为从生命到慧命，还有更重要的事情要去做。

放下，不是一种放弃，而是不再做无谓的投入。这里讲的投入，不一定是金钱物质、时间精力，更重要的是那个“念”。如果决定放下的东西，心里还在念着，其实还是没有放下。不去想了，不去“如果”，不患得患失，一切都真正过去了，才是真正的放下。

没有拿起，固然就没有放下，但是，同样一件事，有的人拿起的是事情中的A，有的人拿起的是事情中的B。要真正讨论谁放下了，谁没有放下，其实并不简单，人各有别，冷暖自知。

（二）

在三个“放下”中，放下“利”，放下“名”，固然不容易，但最难的还是放下“自以为是”。

放下“自以为是”，并不等同于要坚持“自以为不是”。如果一个人成天“自以为不是”，那就没有什么需要放下的了。

放下“自以为是”，是把自己以为的“是”，放在一个更开放的空间，允许不同的人，提出并坚持与自己不同的观点，并包容别人各行其是。

我们认为北大公益讲座对于我们自己，是一种最好的修行方式，但，决不认为天底下只有这样去做公益，才是最好的。修行的路，没有最好，只有最合适，合适就是缘分。北大公益讲座坚持“来者不拒，往者不追”，其实就是讲一切随缘。

如果我们看不到这一点，就容易犯一个错误：以为只有自己才是对的，只要别人与自己不同，就都是错的。

佛家说的“缘”，以及八万四千法门，其实是一种包容的智慧。“缘”既是空间的概念，也是时间的概念，甚至还包含第五维以至五维以上的维度。所以，一切随缘，就是要彻底放下一维、二维、三维，乃至四维的“自以为是”，只有这样，才能圆融万象，化境为宜，在任何地方，与任何人在一起，都能过得去，都不会再有纠结。

其实，我们来到这个世界上，不是来评判对错的，而是来求证一件事：自己怎么了，然后就会发生什么。既不能“自以为不是”也不可“自以为是”。佛家称之为：非法非非法。或曰：破除一切相上的执着。

一般做公益的人，很容易掉入“恃清傲浊”的陷阱，一心想用自己的观念和道德，去影响并约束别人。

曾国藩说：“礼义廉耻，可以律己，不可以绳人，律己则寡过，绳人则寡和，寡和则非涉世之道。故君子责己，小人责人。”

《金刚经》云：“心无所住，行于布施。”

因此，北大公益讲座志愿者身上的品质，如果可以称之为美德的话，是因为我们只是在努力提升自己内在的修为。我们绝不会把公益活动，视为一种无形的道德力量，去要求和改变别人，更不会试图以什么组织的形式，去承担力所不能及的所谓社会责任（尽管我们不乏社会责任感）。志愿者的每一次公益活动及分享会，旨在进一步以我们的理念约束自己，而不是想用观念和道德去压制或改变别人。

我们常常提醒新进的志愿者：“恃清傲浊，通常比恃才傲物更不利于一个人的自我修行。”

（三）

权、钱、名、情，都是人的欲望，无可厚非。佛家说：“要放下，然后自己放下给众生看。”于是让人景仰。然而，景仰归景仰，自己真正要做起来，实在不容易。

偶尔读到一首 18 年前佚名情诗，我被深深感动了：

蓝色梦想

那一份信任的表达
感觉已经
很久很久……
其实不过十来日光景

期待白天
洒满阳光的风影
期待夜晚
如水梦里的轻盈

生命的每一个细胞
都为此跳跃
又似乎一声一声地
拍打着自己的魂灵

上苍啊
请你放心
我是如此安全
仿佛一路走来般清醒

因为有更重要的事情
值得用生命去耕耘……
一切了然于心
远在他乡默默地静听……

生命，是一次次不停顿的寻找，并在寻找中做出一次次的选择。权也好，钱也好，名也好，情也好，都是与生俱来的功课，如果我们没有找到这些功课后面，老天爷真正要给的那个更大的，那么，一路上总还是会遇到各种纠结。“凭什么别人有的，我就不能有？”但凡接受了这个问句，人就会掉进陷阱，就执着了，就放不下了，就失去了来到这个世界的真正目标，甚至坠入不能自拔的境地。

而能够让人彻底放下的唯一理由，只有一个：人们真正看到了老天爷为自己准备的那个最大的礼物——智慧。

人生即看待

（一）

北大公益讲座把“生命的过程”概括为两个汉字：看和待，“人生即看待”。

看，不容易。

看到，未必看见；看见，未必看清；看清，未必看懂；看懂，未必看透；看透，未必看开。

托尔斯泰说：“人们常常想用发现别人的缺点来表现自己，但他们用这种方式表明的只是他们的无能”，因为发现别人身上的缺点，并不表示你在这方面一定具有优点，证明别人错时，并不等同于证明自己就对了。他还说：“一个人越聪明、越善良，他看到别人身上的美德越多；而人越愚蠢、越恶毒，他看到别人身上缺点也越多。”因为别人是自己的镜子。

看的学问，很深，很深。

待，也不易。

待自己——给自己一个体面而有尊严的待遇，这叫“人格”；善待自己的身体，珍惜而不执着，真正做起来，也挺难。

待别人——让别人因你而快乐，这叫与人为善的对待。尽孝行善要及时，而且要持续，真正做到，非一日之功。

（二）

要学会待人，先得学会“让”。因为，无论如何每一个人都有令别人不满意的地方。如果对于那些“毫无逻辑、不讲道理、以自我为中心”的人都能“让”，那真是心中有爱了。

当然，或许让人因爱而谦让别人，不容易做到。但有一种“让”，是爱自己，这必须学会。这种“让”叫做：不与人争论，甚至不与人讨论。也就是当你遇到了“毫无逻辑、不讲道理、以自我为中心”的人时能做到“让”，其实只是让双方都好过一些，没有别的功用。因为不让的结果，往往是两败俱伤。道理很简单：狗咬了你一口，你不能也去咬狗一口——这样做其实也不难。

经济学认为，人的每一个行为都是有成本的，叫做机会成本，什么是吃大亏呢？经济学的解释是，有一个小亏，你不肯吃，然后，扯出了一个更大的亏要去吃。所谓“吃亏是福”，其实说的是，吃小亏是福，因为避免了大亏。

从去年开始，微信上有一个流行概念叫做垃圾人。这种人，一旦遇到了，千万不要去黏他，不要去跟他说理，更不要试图教育他，走开就是。因为他身上正聚集着乖戾之气，或者叫负能量，他正在找一个出气的地方。在某个时空点上，如果避让了他，没准在下一个时间点，他就缓过劲儿了，什么也不会发生；而如果非要跟他讲理，被他扯上了，接下来，彼此麻烦就大了。

一个运气好的人，不是他没遇上过麻烦事儿，而是麻烦事一来，他会让过去，不跟人较真儿。

让，是一种智慧。会让的人，是因为有爱。首先是爱自己，然后，可以推而广之。

（三）

人生不会带走什么，只能带走一个更好的自己，所以，人来到这个世界，其实是来做一次实证。证明自己怎么了，然后就会怎么样。

所以，人生不是来纠结对与错的，因为没有那么多的对错啦，一切发生只是功课。这是北大公益讲座第二阶《光明圆融善》的核心内容。我们常常会在上完 阶时调侃道：“第二阶的课程，有一个功效，就是删除你头脑中的吵架程序，听完课之后，从此不会吵架了。愿意不愿意带你们家那个最喜欢吵架的人，来听我们的第二阶呢？”

在日常生活中，对于同样一个问题，每一个人都会有自己的角度和立场，这是创造丰富的多元社会的必要条件，也为人们通过了解别人，从而更充分地认识世界提供了一个渠道。如果我们一味地用对错、用好坏去判断别人的观点，就容易掉进自以为是的泥淖，而所有的纷争，都是因对错而起。

面对每一个发生，不要去评判，而是去问：“怎么会这样？或许有他的道理。”这样去想，生活中就会减少 90% 的冲突。

（四）

有一种抱怨，其表现形式可以用这样一句话来形容：“我招谁惹谁了？”其话外音是：“我所面临的不幸，都是别人的错。”顺着这个思路，既然断定是别人错，要改变的自然是别人，而不是自己；而要证明自己没错的最有效的办法，自然是持续自己的言行，否则，就是自认其错。

现实生活中，让一个人认错，往往很难，因为我们从小养成了一个习性，就是不认错。人们对认错的恐惧是：一旦认错，结果将是一败涂地，就一切都完了。（这或许与小的时候因认错而受到惩罚有关。）所以，不认错的背后，其实是恐惧，这种恐惧沉淀下来，便形成了一些人对外在世界的发生决不认错的固有逻辑，这是一个很大的误区。

虽然，中国人都会说：“一个巴掌拍不响。”但，事到临头，能 Hold 住自己的人并不多。真能从自己身上找原因，并因此而开始改变自己，让类似的事情不再发生的人，就更少。

儿子小的时候，有一次与妈妈吵架，找我告状。我告诉他：“如果是你错，自然没有什么好吵的；如果是你对，而且对得一塌糊涂，那你居然说服不了妈妈，看来你的语言表达还是有问题。所以，好好学习，将来让自己能把正确的事情，准确地表达出来，并能让别人接受。”现在想来，这样的教育，似乎有点儿霸道，却也不失为对待一切发生所应采取的正确态度。内求，才能进步。一直在找别人的原因，往往就把自己绕到不能自拔的境地。

其实，我们来到这个世界，本来就不应该费力地去改变别人，而应该用更多的精力和时间改变自己，这样一切都会好起来。

如果能够这样看待一生中遇到的人、遇到的事，那么就自然知道，你为什么会遇到这样的人、遇到这样的事——原来，所有的发生都是自己与生俱来应该修的功课。遇到了，都要感谢。

《圣经》如是说，凡事感谢！学会感谢，则一切都是好的！

（五）

佛说："度人之心不可有。度尽一切众生，而无众生可度——度的都是自己。"

心理学家荣格也说："你连想改变别人的念头，都不应该有。种子破土发芽前，没有任何的迹象，是因为没到那个时间点。只有自己才是自己的拯救者。"

北大公益讲座的志愿者，是想去改变别人吗？不！我们只是想通过在这个平台的"做"，来改变自己。志愿者并不缺乏社会责任感，但我们做的公益，实在不是在承担什么社会责任——要放下"自以为是"。我们只是在"看""待"中发现自己，修正自己，完善自己，让自己变得越来越好，让自己看一切都顺眼，笑口常开！

前些年，有位志愿者听过课以后，很感动，然后满腔热忱地去推广。结果人家说："收费的课，我都听不过来，免费的课，哪里有时间听呀？好货不便宜，便宜不好货。何况是不要钱的。"把他气得目瞪口呆，愤怒地撂下一句话："再也不理你了！好心当作驴肝肺。"结果，对方很惊异地说："什么光明圆融善？就看你听成了这个样子，我还真不敢去听呢！"

有的人，总是好心地拼命地试图去改变别人，最后发现，人家始终没有改变，于是，就灰心丧气："我不去帮他了！" 甚至产生一种嗔恨心，巴不得人家倒霉。这种助人的态度，因为是建立在别人的反应之上，而不是建立在自己的心里，所以，常常让自己越做越灰头土脸。其实，世间本无众生可度，度自己就好了。自己都好不了，别人为什么要听你的呢？

从小我就想着当一个好人，不断努力地去帮助别人，以至发展到"好为人师"。一直到有一天，听到孟子曰（大意）：人的毛病，就在于喜欢做别人的老师，而不喜欢反躬自省，检讨自己的不足，继而去请教别人，然后让自己好起来。终于恍然大悟。

一个人如果能搞定自己，到头来或许能够对人有所帮助。难怪在年轻的时候，总是听到老人说："如果人生可以倒过来活，我就不至于活成这样了。"

精心设计的随意发挥

北大公益讲座，将“尽善、尽美、尽心”作为重要的原则之一，或者说，这是志愿者一直在追求的一种生命品质。志愿者正是以这样一种品质，让自己充满自信地，在公益的路上一步一个脚印地前行，用自己的做到，告知世人：在八万四千法门中，我们选择了这样一种适合的生命方式，来成就自己。

因此，北大公益讲座，真正好的，不是课程设计好，也不是演讲好；不是因为免费，也不是课件模块新颖，而是每一个志愿者，能够在生活和工作中不断改变自己，逐步提升自己生命的品质，是志愿者通过跟进课程之外的各种活动，把讲座中被唤醒的“知”，转变成“行”，并且成为持之以恒的“笃行”。

知道容易，做到难；跟着一群人做，容易；一个人做，难。所以，各地慧至堂的分享活动，就成为北大公益讲座志愿者修行的更重要的道场。

深圳慧至堂成立以来，真正做到了持续不断地开分享会。志愿者在跟进的过程中，切实体会到“好人要抱团，因为连坏人都抱团了，我们为什么不？”

分享会与我们的课程设计是一脉相承的，都是互动的体验式教育。每一位志愿者和志愿者带来的朋友，在分享会上都是用自己身上的能量，以自己真实的生活体验，来感受“尽善、尽美、尽心”的生命品质。

2014 年 4 月 20 日，是西方的“复活节”。在东方的鹏城，有一群人，毅然做出决定：暂时脱离纷繁的惯性生活，来到深圳市联合广场汇商慧会所，在一起分享《生命的效能》和《效能的极致》。

到会的志愿者和带来的亲朋好友听众百余人，从上午 9 点到下午 6 点半，共同经历了一段美好的时光。

志愿者相见，格外亲切，如同久别重逢的亲人，亲密拥抱，互致问候。志愿者们对这次冠名“大型”的分享会，已经期待了很久。有些人虽然没有听过课，但由于曾经参加过分享会，这次慕名而来。

北大公益讲座自开办以来，这是第 12 次走进深圳。这次来自全国各地的志愿者，能参加并观摩深圳的分享会，机会真是难得。分享会之所以冠名“大型”，除了这个原因外，还因为邀请了中央戏剧学院陈珂教授，在下午作《漫谈人生的修养》的专题演讲和现场答疑。

整场分享会，气氛热烈真挚，真正体现了深圳志愿者分享会已经达到了“精心设计的随意发挥”的水准。这是一件非常可喜的事情，分享会就是应该开成这样，才能有持续的影响力。

分享会结束之后，有一位志愿者在微信群里留下一段关于生命效能的分享：“当我们能从是非对错中解脱出来，去相信因果，并继而到达破因果，破时空，用当下的一个区区善念去改变过去，改变未来，这即是一个生命做出的伟大决定，也是对上天，更是对自己的一份庄严承诺。”

利他，需要智慧

“让平民百姓去奉献，去利他，去助人为乐、甘愿付出，基本可以定义为乌托邦。”听到这样的话，或许你会惊讶！怎么会这样说话呢？

其实，细细咀嚼这句话，其要害是：主语是谁？如果提出“让”的人，自己不奉献，而是让百姓奉献，并接受百姓的奉献；让别人付出，自己只是接受付出。果然这样的话，效果如何？有目共睹。

利他，可以是对别人的要求，也可以是一种自我的行为选择。当要求别人利他时，可以是自己不做，一味要求别人去做，也可以是自己做到了，再去影响别人去做到。在一个文明的社会，不利他的人是不可能利己的。重要的是：谁在说？谁在做？是做与说的统一，还是割裂？

进一步说，即使是“自我行为选择的利他”，也还可以分为积极的利他和消极的利他。积极的利他是：你必须接受我的帮助，因为我是为你好；消极的利他是：一切随缘，钟不敲不响，来者不拒，往者不追。

保证利他行为能够持续进行，有两个基本点：一是自己去做到，叫“内求”；二是即使自己做到了，也不要强加于人，叫“放下自以为是”。

所以，北大公益讲座的第一条理念只是“让每一个接受过我们服务的生命：光明圆融善”，讲的是先搞定自己；而第二条理念是“用我们的做到，证明我们全部的说，是真实不虚”，还是对自我的要求；第三条理念是“甘愿付出，享受付出，帮助别人其实是成就自己”，说的是，“利他”与“利己”，在公益活动中，是一枚硬币的两个面，是知行合一，是一事同体。

志愿者在经历一次付出的过程中，看到了自己的善良和善良所带来的效应，也就是从别人身上，看到了真实的自己，看到自己对于别人的意义，在同一时空中享受到了一种因人格伟大而受到的尊重，从而看到自身的价值，更加坚定地走在利他的路上。

于是，如果有人说，利他是乌托邦。我们说，我们是在成就自己。如果有人说，利己不能成就人生。我们就说，我们的利己是通过帮助别人实现的。这便是儒家的中庸、佛家的中道、道家的无为而无可不为。

西方的思想体系又会生出什么样的智慧呢？特蕾莎修女《人生十大戒律》，全文都是在讲自己，外面没有别人；全部都是对自己的要求，没有去要求别人。所以，美国前国务卿希拉里曾说，我帮特蕾莎修女提鞋都不配！

特蕾莎修女的《人生十大戒律》：

1. 人都是毫无逻辑，不讲道理，以自我为中心。不管怎样，还是要爱他们。

2. 你如果行善事，人们必定会说，你是出于自私的隐秘动机。不管怎样，还是要做善事。

3. 你如果成功，得到的会是假朋友或真敌人。不管怎样，还是要成功。

4. 你做的善事，明天就会被人遗忘。不管怎样，还是要做善事。

5. 你坦诚待人却受到了伤害。不管怎样，还是要坦诚待人。

6. 心胸最博大最宽容的人，可能会被心胸狭窄的人击倒。不管怎样，还是要志存高远。

7. 人们喜欢无名小卒，却只追随大人物。不管怎样，还是要为几个无名小卒而斗争。

8. 你耗费数年所建设的，可能毁于一旦。不管怎样，还是要建设。

9. 人们的确需要帮助，但当你真的帮助他们的时候，他们可能会攻击人。不管怎样，还是要帮助他人。

10. 当你把最宝贵的东西献给世界时，你可能会被反咬一口。不管怎样，还是要把最宝贵的东西献给世界。

行中修与修中行

（一）

2014年12月26日，深圳010号志愿者唐岚和012号志愿者庞坤，专程从鹏城赶到北京怀柔，联袂开启了自主授课之先河。两位志愿者，经过自己的努力，终于在马年即将结束之际，从一名普通听众，到志愿者，到分享会的主持人，进而走上讲台；从听到做，进而以讲为做，走上了修行的新阶段，可喜可贺。2014年12月27日也将由于他们两人的做到，被赋予特殊的意义——第389～390场暨2014年的第134～135场，为2014年画上了圆满的句号。

北大公益讲座，其实更准确的表述应该是“北大公益讲做”。是做到的“做”，而不是座位的“座”。如果北大公益讲座只是“坐而论道”，或许能帮助人开启智慧，但是还是没有力量。这个“讲做”的特点是，讲我所做到的，做我所讲过的，亦可用两个汉字来表达：

“修行”。

修行是一枚硬币的两个面。修得好的人，未必行得好；行得好的人，一定被修过。所以，北大公益讲座的修行，其实是讲与做的统一：讲就是做，做就是讲。知道了，讲过了，自己再去做到了，才算真正讲完了。换一句话说：要使讲有力量，必须，也只有用做来支持，否则，讲得再好，别人听起来，还是假的。

当我们提出“让每一个接受过我们服务的生命：光明圆融善”这样的理念时，并不是表明我们想以“光明圆融善”去改变世界，而是希望以此来修正自己，因为要让这个祈愿变成现实的前提，是我们自己要做到光明圆融善。所以，无论我们在台上讲也好，还是在台下、在现实生活中做也好，有一个非常明确的目标：让自己的生命走向慧命，一步步变得更好起来。

“台上一分钟，台下十年功”。让台上的每一句真实的话，讲出来之后，都能使听众得到一种享受，或是有所启发。从技巧上说，固然不是一件容易的事，但如果只是花言巧语，主讲人心中没有对每句话的笃信，甚至连自己都不相信，这样的讲，其实是浪费别人的时间。所以，在北大公益讲座的讲台上修讲话，其实是很难的。因为这样修讲话，其实是一种做，是讲之前和讲之后，在台上和台下的践行。

（二）

2014 年 12 月 28 日凌晨 3:30，唐岚、庞坤在首都机场酒店被叫醒，赶乘 6:20 飞深圳的最早航班，因为下午 14:00，筹备已久的深圳年终大型分享会，在等着他们去主持。

从 12 月 26 日 11:00，他们落地首都机场，到 28 日 6:20 离开北京，只有短短的43小时。然而，这风尘仆仆的43小时，对于他们俩来说，却非同寻常。因为他们经历了首次联袂自主开课的生命体验。这次特殊的体验，既标志着深圳成为全球可以自主开讲北大公益讲座的第一个城市，也标志着北大公益讲座，在走过1413天后，除了创始人之外，又有了第一对能够登台上课的讲师。

如庞坤29日凌晨4:14在讲师园地微信群中所言："抱着修自己的心，才能如此坦然和愿意。不受，就是区区一念去做，什么结果，都欢喜。"看到这条微信，我知道，从此，他们俩在帮助别人，成就自己的不归路上，将开始新的里程。

以下是唐岚学长和庞坤学长，28日凌晨在机场候机时写的分享文章。特此推荐。

［唐岚］

徒弟问师傅："如何成为师傅？"师傅回答："好好吃饭，好好睡觉，好好扫地……"

跟随北大公益讲座近三年，我看到，我听到，我感觉到，而且我知道，梓林学长就是带着一帮人在做，走遍中国的大江南北，用不断地做到，声声呼唤善良，默默相伴前行。

创办北大公益讲座是为了留下，留下一片光明圆融善，为了让每一个生命走向慧命，成就一个更好的自己。这群人的做，创造的是一个善的环境，所有人都被滋养，都在成长。

梓林学长每次对参加服务的志愿者，都有六字交代：专注、喜悦、谦卑。践行的路上，只有专注，唯有专注，才能做到；只有喜悦，唯有喜悦，才能持久；只有谦卑，唯有谦卑，才能笃初慎终。

2014年，北大公益讲座圆满完成135场，全年平均2.7天一场，

300 场之后平均 2.4 天一场，尤其是 11 月 29 日至 12 月 27 日，28 天开讲 21 场，平均 1.3 天一场。

终于，在马年的收官之作上，我和庞坤走上了讲台，首次自主完成了一阶和二阶的课程。在这个似乎偶然的发生后面，蕴涵着讲座的另一个愿：让人成为！成为对他人有帮助的人——这才是北大公益讲座真正的功德——让我们好好吃饭，好好睡觉，好好扫地，让我们都能成为最好的自己。从生命到慧命的路上，唯有助人，才能最后到达！

[庞坤]

对人真正的照顾，是把人培养成人才，让 TA 成为 TA 期望的那种人。

一个人在夸奖一朵花开得好美时，往往忽略了成就这朵花盛开的环境。

从台下到台上，虽一步之遥，但绝非一日之功，绝非一人之力，这一步的后面，必有无数高人指点、无尽贵人相助、不少小人监督，都是要感谢的呀！

如果真要说感谢，除了化成行动让自己成为更好的自己，没有别的啦。这条路，仅仅努力和勤奋，是永远不够的，还要学会付出，一直付出！

让人成为对人有帮助的人，这是一份珍贵的爱，一份用生命陪伴生命成长的爱，无声又无息，却又无处不在，嵌进了生命的每一个细胞。

（三）

从甘愿付出，到享受付出，这是从预备志愿者到正式志愿者的一个嬗变的过程。经历并完成了这样一个过程，就不容易被强大的世俗力量打回原形——原来，站在台上，只是修自己！

佛说，度人之心不可有。又说，外面没有别人。只有到达了享受付出的境界，从此往后，就不再有什么累呀，不值呀，不公平呀，不再有抱怨、恐惧、胡思乱想、颠倒梦想……只有去做，在做中享受，而留下的，就是那份对天地万物的感恩。

当下的北国风光，已是千里冰封，而南国景色，却是红装素裹。正如江西大余001号志愿者韩磊，昨天在他个人相册上发的感慨：明明是冬天，丫山却依然层林尽染，大自然所展现的是一种成熟的美。并附了一首文斗的诗《枫叶》：

情窦初开的红叶
真是害羞的姑娘
秋婆婆刚提到
要给她说个好人家
瞧她的脸
一下子就红了

真想摘下两片红叶，亲自送到唐岚、庞坤的手上，祝贺他们坚持到了成熟的季节……

北大公益讲座不是飞机，不是想把大家从这个地方带到另一个地方，上去了，又下来。北大公益讲座是火箭，通过一级一级地推送，让每一位讲师都能成为卫星，将来都能在自己的轨道上自由地运行，这就是我们提出的志愿者最终要“以自为师”，都要成为一颗自行的卫星，在自己的轨道上飞行。

未来，有这样一批讲师，自己就是自己的老师，有没有某个人没关系，有没有北大公益讲座也没有关系，北大公益讲座和某个人以及身边这些学长们，都是道具，最后要靠的是自己。这就是我们所说的到达了一定的高度，自己飞。最后把自己成就了。

有一位高人曾经对我说：“以自为师，就是总有一天你自己要能够成为自己的老师能够让这一辈子在智慧上不困惑，有一个非常重要的终极价值追求，就是你这一辈子所做的一切的决定，以智慧为重。否则，在取舍上都还会有矛盾和冲突，都还没有究竟。这一辈子你发现，只要我这样做，就会让我更有智慧；只要我这样做，就会让我的内在品质得到提升，就这样做。当自己真正的师傅，真正地来领导自己。我保证你不会后悔的。这一辈子从今天开始，如果你有这样子的一个气魄的话，你所做的每一件事情，都是以智慧为重，都是为了让人们更有智慧，你就没有白来一次。”——我会永远记住这段话，并告诉所有希望自己成为北大公益讲座讲师的志愿者。

相由心生：光明圆融善

有一次，林肯总统面试随从人员。还没问几句，就让他走了。

秘书很纳闷："这个人怎么就不行呢？"

林肯回答："长相不好。"

"总统先生，您怎么能以貌取人呢？"秘书不解。

林肯说道："一个人在四十岁之前，长得不好，可以怪父母；四十岁以后，还长得不好，就要怪自己了。"

人之长相，可以分为"面相"和"心相"，而"心相"会逐渐地影响"面相"。

人到了四十岁，精神层面的修养，会从"面相"上展现出来，也就是佛家说的"相由心生"。随着生活环境、生存环境的变化，人的心情、心态的不同，反映在脸上就是表情和面相的不同。

这就是北大公益讲座讲的"看待"，你怎么看这个世界，很重要。因为你怎么看这个世界，反映到你的心里形成的观念和思想就不一样。

一个人长期处于一种什么心情、心态，面部表情就会慢慢形成肌肉记忆，把它固定下来，久而久之，习惯成自然，反映在每个人面上，就形成各自不同的“表情纹”，那是岁月留下的痕迹。即使偶尔意识到了，想调整，强装一阵子，可以。但一不留神，就暴露出来，回到原形。人的五官之美，是天生的，但“心相”造就的“面相”之美，要靠修养来支撑。

有修养的人是什么样子呢？首先是心地光明的人，看世界光明，对人的态度是光明磊落的，对自己是充分接受的；其次是圆融，一切随缘，对人对事，不苛求，不为难别人，沉着应对一切的发生，凡事与人方便，自己也没有过不去的事情；第三是善良，用良知来应对生活中的发生，真正做到“富贵不能淫，贫贱不能移，威武不能屈”。北大公益讲座把这三点概括为“光明圆融善”。我们相信，我们每大喊“光明圆融善”之后，这张脸渐渐地会好看起来。

修养，是一个非常美好和高贵的词语，既和文化知识有关，又不尽然，它是一个人综合素质的表现。修养的形成，主要来自家庭的影响，以及后天的修行。

穿时越空

2014年12月19日，应酒泉志愿者的邀请，我们从北京经停兰州，五个小时后到达嘉峪关机场。

下了飞机，走出机场大厅，来接我们的酒泉004志愿者陈泳红学长说："第一次来酒泉吧，是不是觉得很荒凉？"

我回答："我觉得很辽阔！"她惊讶地看着我说："还从来没有人像您这样，把大漠的荒凉说成辽阔。北大人的视角，就是不一样。很好呀！"

几天后，酒泉012号志愿者张建平学长对我说："曾经有朋友第一次来酒泉，走出机场大厅，眼睛瞪得特大，摇着头说，这个地方，怎么能有人？我回答我就是。结果让那位朋友好不尴尬。"

其实，从飞机上，我就一直在观赏这片辽阔的大漠，想象着两千多年前的汉武大帝，如何在还没有发现石油资源的情况下，让卫青和霍去病在这样的荒漠中征战，这是一种什么样的男子气概！

20 日，我们参观了离市区 230 公里的酒泉卫星发射基地，更是感慨：数千年来，中华民族一代又一代的能人志士，在艰苦卓绝的奋进中，究竟在等待一个怎样的春天呢？

我不由得想起了：2004 年中央电视台播放了由胡玫执导的 58 集电视连续剧《汉武大帝》。当时，那首片尾曲《等待》，真是让人荡气回肠，它以一种超乎寻常的雄浑之美，深深地打动了我，十年来，一直萦绕在我的心里。身处此时此景，让我有了一种更为强烈的感受：

我为什么还在等待
我不知道为何仍这样痴情
明知辉煌过后是暗淡
仍期待着把一切从头来过
我们既然曾经拥有
我的爱就不想停顿
每个梦里都有你的梦
共同期待一个永恒的春天
春天

21 日，我们来到嘉峪关长城。导游告诉我们，为了与山海关的"天下第一关"相区别，这里称"天下第一雄关"，意思是嘉峪关是从来没有被攻破过的关口。这让我想起山海关，其实"天下第一关"不是没守住，而是吴三桂放水，雄关也怕熊人呀！

长城上的关口，其实都以险峻为特色。嘉峪关不像北京的八达岭、慕田峪、司马台、金山岭、黄花城、卧虎山、古北口长城，可以就山取材。这里的长城完全是从很远的地方运来烧制砖。

来到这片土地，站在天地之间。白雪覆盖着城墙，曾经天地人在此互动的历史沧桑，都刻在关隘、城墙、城楼、烽火台、垛口的每一条墙缝；呼吸着大漠最清冷的空气，用心聆听被静谧的嘉峪关锁定的战鼓轰鸣，仿佛千军万马尽在眼前……

如此雄伟的建筑，竟然耸立在这样荒凉——不！——辽阔的大漠，这需要多么伟大的气魄和坚毅精神来支撑？！相信每一个炎黄子孙，都会情不自禁地从心底升出一种崇高的自豪感：为我们的祖先曾经具有的那种超越物质、超越生命的英雄气概而感动——人，原来可以这样活过！

回到宾馆，我酝酿了一宿。第二天凌晨 5 点起来，写到 7 点，以李健的《贝加尔湖》作为蓝本，完成了《梦回酒泉》这首歌词——我知道，我曾经来过，而且还会再来：

在你的眼里
在我的心里
玉门阳关汉月
金戈铁马风疾

塞外胡杨柳
雅丹驼铃声
丝绸路上明珠
河西走廊敦煌

祁连山巍峨

诗与远方

莫高窟神秘
月牙泉水清澈
七彩丹霞奇秀

多少年以后
时间已飘走
鸣沙山的记忆
深深刻在心里

茫茫人海中
有多少你我
大漠苍穹之间
从生命到慧命

飞天的梦境
穿越了时空
漫步戈壁沙丘
仰望航天高塔

多少年以后
我们已老去
嘉峪关的雄伟
依然映在天际

轻轻地细语

伴歌声萦绕
那样清纯温馨
在梦幻的酒泉
静静等待故人
像酒泉的夜晚

讲师是做出来的

我们的培训就要结业了。什么是快乐的日子？就是乐了就快，一开心，日子就过得快。

刚才，晓敏学长说：“哇，来这里才知道，当讲师要学好多东西，又是朗诵，又是主持，又是讲课，又是书法，没想到，还要学魔术。”她说得很对，当北大公益讲座的讲师，什么都要来一点儿，这会让我们生活变得丰富多彩。

人生来这一次不容易，所以，丰富多彩可以带给我们更多的快乐。还记得在第一阶，我们说的“高拷”题吗？“让自己快乐，40 分；让身边的人快乐，60 分。”我们为快乐而活着，所以，让生活和学习变得丰富多彩，是一件很重要的事情。

今天上午，在九米长两米宽的巨型桌台上，大家尽情泼墨挥毫。有没有看到建新学长写的字，好棒哦！2014 年 2 月 11 日，建新学长在济南第一次听北大公益讲座。在第二天的联欢晚会上，他搞了一个“突然袭击”，穿着全球第一件“光明圆融善”文化衫拜师，承诺要当北大公益讲座的讲师。当时我告诉他：“今后你讲课，得送自己写的作品，开始练字吧。”他果然听话照做了。

在座的各位未来的讲师，今后当你们正式走上讲台，也应该送给听众你们自己写的作品。真想当讲师吗？现在就开始练字吧。真想练，就一定能练出来！我也是开讲之后，才开始练字的。尽管我们当不了书法家，但字一定是练出来的。我知道，在座的多数学长，没有看过我 2011 年写的字，那个难看哦，真是叫难看！印证了那句话：“无知者无畏！”

现在想来，那时候也真敢送出去，好惭愧！不过也有人说，那时候的字有价值。北京有一个学长就说：“那时候的字才值钱，因为好难看。现在已经写不出那么难看的字了，写好了，写多了，反而不值钱了。”还说：“要把 2011 年的字留下来珍藏。”是的，现在看那些字，感到很喜悦，因为那是成长的见证，而且可以让人相信：只要你坚持去做，就一定会有进步 。其实，不仅是练字，说话、写文章也是一样，只要你用心去做，就会有进步和成长。

讲师写字送听众，这是北大公益讲座的一个特色。因为我们要感谢听众来听我们说，感谢他们来成全我们的说，见证我们的做，让我们有一个展现自己善良的机会。从这个意义上说：讲师的字，其实不在于写得好不好，而在于一份真心实意。我要告诉大家一个秘密，当初我之所以敢送，是因为我们设计了一个精美的信封做包装——写得不好，装进信封，怕什么？

练字，既可以养身，也可以养性。而养身和养性是讲师的基本功课。其实，我们只要拿出别人打麻将、卡拉 OK、无谓饭局的时间来练字，就已经足够多了。像北京、深圳这样的地方，吃一顿饭，从出发到最后回到家里，三五个小时，一下就没了。三五个小时，可以写多少字呢？按照我的写字速度，3 分钟连写带盖章可以完成一幅，100 幅才 300 分钟。五个小时，免吃一次饭，一堂课的礼品就齐了。少吃一次饭，100 幅字就 OK 了。说没有时间练字是假的，就看你怎么使用时间。

言归正传。结业之前，把最后一张“底牌”告诉大家：讲师不是培训出来的。为什么这样说？下面分六个方面，与大家分享。

一、关于“说”

北大公益讲座，其实是“明知不可说，还要去说”。不但自己说，还要搞这个讲师培训班，鼓励大家都来说。西方人认为，这个世界是不可言说的，叫做：“人，不得不去说那个不可言说的世界。”东方人更简单：“道可道，非常道。”说，真的好难，一说就不是，叫做“言语道断”。

但是，我们既然要做讲师，就还要去“说”，或者换一个同义字，叫“讲”。为什么要去讲呢？因为前面有个“做”字。做讲师做讲师，顾名思义：做在前，讲在后，先做再讲，边做边讲，讲我所做，做我所讲。而且，更重要的是，讲完之后，接下来，还是一个“做”字：“用我们的做到，证明我们全部的说，是真实不虚。”只有自己去做了，说才会有力量。

北大公益讲座，是在做一件纯粹公益的事，做一件有益于他人却分毫不取的事，这个“讲”，其实就是一种“做”，而且是不为钱的“做”。这种“做”，是以心换心。所以有人说，你们无组织无纪律无收入，比我们有组织有纪律有收入还做得更好。因为我们不是靠制度，靠外在的约束而是靠人心，靠内在的自律。这是我们与一般商业课程最大的不同。

北大公益讲座的讲师，与一般培训机构讲师的差别在于：我们的课程，不提供新的知识和观念，只是提供一个特殊的分享生命经验的场景，让听众用自己生命的经验和能量去体验，去感受。在这个过程中，如果听众有所启发，那是因为TA们心中本来就有，我们只是做给TA们看罢了。所以，这种分享智慧的课程，不仅不能收费，而且我们还要给听众送礼物。

所以，为什么我们明知不可说，还要去说？因为我们其实是在做，做一件善事，而且是非商业的公益课。

二、关于“为”

北大公益讲座是一件“明知不可为而为之”的事情。明知不可为，为什么还要为呢？“明知不可为”的意思是：我们知道自己很渺小，一生其实做不了什么，而且佛说：“无人可度”，“度人之心不可有”，也就是，改变别人，其实是一件不可为的事。

说是要帮助别人，其实如果别人不愿意让你帮助，你是帮不到的。北大公益讲座志愿者提出的帮助别人，事实上是为了成就一个更好的自己。帮助别人只是途径，成就自己才是目标。所以，我们要去感谢那些接受我们服务的生命，而绝不敢自以为是，把自己放在一个道德的制高点，以为做公益就有什么好了不起。

在第一阶的课程中，我们都到达了银河系的上空，看到遥远的地方有一个小白点，那是太阳。而那个小白点的一百万分之一才是我们的地球。在宇宙的时空中，100年，也不过是一刹那。所以，从宇宙的意义上说，人是没有意义的，就像我们来想象一下：蚂蚁活着有什么意义呢？一群蚂蚁好不容易把一粒米饭，辛辛苦苦运到洞边，小孩儿一泡尿，就冲得稀里哗啦。有意义吗？

或许，我们不应该把生命说得这么悲观，但这个世界，无论如何你是改变不了的，因为世界太大了。我们一年 130 多场巡回演讲，平均一场 200 人，1 年的受众不过 2 万多人次，10 年 20 多万，100 年 200 多万。而在 100 年当中，中国又会出生多少人？算来算去，100 年中只会有区区 200 多万的受众，不足挂齿。用这个思路去看我们的做，好像也是没有什么意义的。

那么，为什么我们明知不可为还要去为呢？不把这个问题弄清楚，大家跟着跟着就会跟丢了，因为低下头想一想，实在没有多大的意思。

有人说，人生本来就没有意义。但是，生命就是这么奇妙！因为没有意义，所以我们要去寻找意义。既然你来了，就算是一刹那，你还是得把这一刹那做到最好。最好的检验标准，就是你来这世界一次，到头来能对多少人好？你从你丈夫（妻子）身上看到你存在的意义，从你儿子（女儿）身上显示你做父母的意义。人生就是一次“实证”，去证明自己有一颗好心，证明自己是一个好人，证明自己是个好丈夫好父亲或好妻子好母亲。这是有着很严重的意义的。

因此，不可为而为之，是要证明自己存在的意义：我不来，是一个样子；我来了，是另一个样子。正如北大法学院的刘媛媛硕士在那个著名的演讲中说的：“如果我是一个公正廉明的法官，这个社会就会因为我的存在而好一点点儿。”讲得更透彻一点儿：证明自己和别的生命不一样，和蚂蚁不一样（或许蚂蚁也有它的意义）！我们就是为了这个意义，明知不可为而要去为之。否则，在这条路上，做做做，总有一天会觉得疲倦了，没劲儿了，好无聊，好没意思，转念一想，就逍遥去了。

三、关于“知与行”

当我们讲到“明知不可为而为之”时，其实包含这样一层意思：如果你想通过北大公益讲座去改变别人，那是不可为的。但如果你是想在这个道场，全心全意、毫无所求、无怨无悔去帮助别人，然后成就自己，那是可以有所作为的。

因为我们是为自己而做，于是，自己就会在做的过程中得到改变，并且会不断得到提升。如果你想以此拯救世界，那好狂妄哦，也很无聊——就像地球人想要拯救太阳系，拯救银河系。拯救自己就好了，也只有拯救了自己，或许才有可能对外部世界有一丁点儿的帮助，至少不添麻烦。

所以，通过明知不可说而去说，来提升自己的才干；通过明知不可为而去为，修炼出谦卑，并因此广结善缘。这是作为讲师的一个“知”，这个知不解决，就不会有接下来的“行”。讲师的“知行合一”，就是从这里开始的。

为什么要去行，因为行有好处呀！昨天段杰学长问我：“为什么人家在你 56 岁时，把你当作 65 岁，现在 58 岁了，却被别人看成 48 岁？”我回答她：“因为那个时候你们还没来呀。现在你们来了，你们这些七〇后、八〇后来了，给了我这么多的正能量，我当然就年轻了。”如果将来我们的讲师身边都聚集一批善良的正能量的人，经常在一起分享，那一定会让自己越活越年轻。我 58 岁都能变成 48 岁，你们也能做到。

北大公益讲座是做给你看的，不是说给你听的。说给你听，或许你不相信，难免产生怀疑，但做给你看，一下子就明白了。我们把这件事情做成这个样子，自然会让每个真正用心参与的人，不断地从中汲取正能量。这个或许用科学解释不了，西医肯定也解释不了。但我们相信，这个宇宙有科学解释不了的现象存在。这种东西叫做超自然的精神力量，就是善良的力量。我们把它称之为“宇宙的法则”。

这些年，我们一直在做给大家看。接下来，当你们已经看到之后，已经知道了之后，就要去做到了。知道了不做，人生还是一场空，叫做“白考”。庞坤学长知道得不多，但他知道 3，就去做 3，结果 3 乘 3 等于 9，这就比知道 10，而不去做的人强！因为 10 乘 0 还是零。这就是儒家的知行合一、佛家的悲智双运。修行，就是又修又行，知行要并进。

四、关于“形式和内容”

有人觉得这次讲师培训，好像没有讲什么关于当讲师的技巧方面的内容，都是大家在分享，在交流，而且户外的活动很多，完全不像正规的培训。

但是，大家有没有想到，其实培训在一个月前就开始了。七个小时的光盘，随机抽取其中的一个主题，让你来当分享会的主持人。这是什么样的学习量？还有，背诵三首诗，难住不少人。其实，不亦乐乎的学习，重在一个“习”字。北大公益讲座的讲师，是从朗诵开始的，是从主持人开始的。所以，还没有上丫山，授课已经开始了。

来到这里，大家看到这么美的地方，来的都是蓝精灵，想到什么了？好有缘分啊。怎么会在这个时间，来到这个地点，与这些人相聚四天三晚？这是一种形式上的启发，上课内容已经不重要，环境和形式已经让你感受到：当北大公益讲座的讲师，是一件多么快乐的事，与这些人共同学习，共同成长，是多么荣幸，这种感受是暖记忆，比什么语义的接受都重要而且可持续。

所以，我常说，北大公益讲座是“形式大于内容”。这次就是一次实践，让大家来切身体会这句话的真实含义。你们已经感受到，这个培训其实是让大家去感动大家，让大家去教育大家。从彼此观察和互动交流中，每个人都去体会要不要站出来担当，成为北大公益讲座的一名主持人和讲师。

这几天，大家已经发现，北大公益讲座的讲师，不是讲得好不好的问题，关键是愿不愿意出来承担的问题，只要去做，就一定会越来越好。课程录音、录像、视频、音乐、朗诵有那么多，随便拿来用，一个小时两个小时就过去了。就看你愿不愿意站出来为他人服务，能不能持续去做这样一件事情。

事实上，一阶、二阶、三阶我已经讲了那么多，如果这四天三晚，还是我一个人在台上讲，肯定是一点意义都没有的，因为前面的很多内容，很多人听完了就完了。接下来需要各位在自己讲的过程中真正去消化。这就是深圳志愿者贺晓敏学长悟到的：当讲师和主持人要学习借力。这次我就是借大家的力，完成了这期培训。不是说给你听，而是做给你看，看到的东西，你才记得住。

借大家的感动，去感动大家，这是典型的“形式大于内容”。但这个还不能算“道”，只能算“术”。那么，这个“术”后面的“道”是什么呢？

五、关于“造境的智慧”

一直都有人在问：北大公益讲座到底想干什么？这个问题需要大家有所了解，尤其是讲师，必须了解。

作为讲师，我们通过北大公益讲座需要习得的智慧是：“造境的智慧。”我们要通过自己的努力，把一个“学”和“习”的环境造出来，这样才可能让自己不被打回原形，并让更多的人“共同学习，共同成长”。

这些年来，我只是给大家提出一个梦想：都来当北大公益讲座的讲师——不管你有没有上过北京大学，不管你有没有上过大学。我已经讲了 440 多场了，今后会把更多的机会让给你们。这个机会，我们要共同创造，如果你自己不想要，我是给不了你的。

所谓“造境的智慧”，简单地说，就是自己找道场，建道场。而这个道场是通过帮助别人，然后成就自己。帮助别人，最好的方法，就是给出成长的环境。人们很容易看到树在成长（当然，太急的人也看不到，因为从早上到晚上，树好像是不长的。）但是人们很少关注树下面的土壤，是这个土壤在让树成长。

北大公益讲座的讲师，要做的不是大树，而是土壤。我们要创造一个平台（道场），让更多的人能够在这里找回真实的自我，让自我从此变得更好。

郭梓林已经到了耳顺之年了，不想当英雄，只想做舞台。所以，我们“不做广告，不接受媒体采访，不接受捐款”。不想轰轰烈烈，不想出名，不想做大，只是想创造一个环境，创造一个可以让人自由成长的环境，在这个环境中，你启发我，我启迪你，让智慧成长，让善的力量得以持续。

我很清楚，到了我这个年纪，重要的是搭建舞台，激发灵感，不断创新课件，让更多有担当的人，可以比较容易地走上讲台，当主持人，当讲师。不断有人在台上演出，我在下面看着，这是我最希望看到的场景。有一天，你已经都会讲了，也要适时地去为后来的人搭建舞台。只有这样，最后大家才会走到“以自为师”的境界。而在“以自为师”之前，需要完成对“造境的智慧”的觉悟。

这次培训，你们都看到了，我是完全没有备课的，精心策划的随心所欲，借题发挥的点到为止。现在顺利地结束了，你们看到的是我在这个过程中的造境，让大家能快乐地学习分享。通过这四天三晚，你们已经知道这种学习，感觉真的很好，回去也这么做：帮别人，修自己。就这么简单。

在成长为北大公益讲座讲师的过程中，有一个念一定要转过来：做这件事，是为了一个更好的自己。郭梓林不需要你们来帮忙，北大公益讲座也不需要你们来帮忙，北京大学更不需要我们来帮忙。你只是为了一个更好的自己，学习当主持人，然后再当讲师。

为什么要在这个时间开办讲师培训？因为，我们已经走到第五年，很快课程就会应接不暇，讲不过来了。我们第一个 100 场，用了 500 天，然后接下来的 200 场，我们只用了 700 天，也就是 1200 天，我们走过 300 场。那么，从 300 场到 500 场呢？大约只要 500 天就够了，平均两天半一场。真的很快。

总而言之，北大公益讲座的讲师培训，一方面是我为大家造境，另一方面是鼓励大家回去为更多的人造境。而在这一系列的造境过程中，我们是为了一个更好的自己而去学、去做。学长学长，在“学习中成长”，这是“学长”的第二个含义。这一切，都是为了自己，因为一个真正懂得为自己的人，一定会知道：只有通过帮助别人，才能看到一个更好的自己。所谓“达人达己”，两者之间不仅没有矛盾，而且是同为一体，一枚硬币的两个面。

为什么我们要建一个慧至堂这样的道场？是为了让大家能够在这个平台上相互取暖，经常交流，因为独行快，众行远。一个人走路，可能会快一点，但是众人同行，才可以走得更远。所以，慧至堂是大家的道场。

在跟大家分别之前，最想说的一句话是回去自己建道场吧。讲师不是培训出来的，是做出来的。而要做，就要有道场，这个道场可以是家庭，也可以是企业，还可以是社区，或者如深圳志愿者创造的新形式：小学生的班会。

最后，祝贺大家，结业了。

（注：2015 年 6 月 16 日至 19 日，北大公益讲座在江西赣州大余丫山风景旅游区道源书院举办了第二期培训，此文系结业时的分享节选，题目为另加。）

做好自己

北大公益讲座的志愿者是有社会责任感的人，但我们从来不奢谈“承担社会责任”，因为我们发现，一个连自己都承担不了的人，一个生活在恐惧、焦虑、易怒、彷徨、自责中的人，让他承担家庭责任，是一件非常困难的事。进而，一个承担家庭责任都有困难的人，自以为可以承担社会责任，是值得质疑的。所以，志愿者首先必须把自己承担起来。

而检验是否把自己承担起来的标准是：自在喜悦，家庭和睦。理由很简单，家庭是社会的细胞，你为社会贡献了一个健康的细胞之后，再来谈承担社会责任，或许会更有力量。

最近，我收到一位志愿者发来的微信：“我很希望成为北大公益讲座讲师，现在已经开始组织分享会，几期下来，效果不错，但总是感觉能与我同频道的人太少，真正愿意改变的更是少之又少。不知道如何坚持下去？”

以下是我的回复，在此分享，并寄语所有希望能成为北大公益讲座主持人和讲师的志愿者：

如果我们想对别人，乃至社会有所帮助的话，首先必须让自己越来越好。

借助物理学常识，让我们来了解如何让自己越来越好，或许更直观一些。

力的三要素是：着力点、方向和大小。

我们来到这个世界，只是拥有一次经历的机会。而在这一次短暂的过程中，生命的着力点是什么？或者说因我们而起的一切发生，我们希望到达的终极目标是什么？假设这个目标是“一个更好的自己”，那么，正确的方向，只有一个，就是去帮助别人，否则，你自己是好不起来的！正如人抓住自己的头发，是升不上天的。人需要借助一个平台或道场（着力点），去帮助别人（方向），最后才能实现成就自己。这不是市场交易，这是因果。

解决了着力点和方向的问题，再来谈力的大小，谈努力，才有意义，否则那叫瞎努力，南辕北辙。从这个意义上去理解为什么我们常说“很多人的努力是没有用的，甚至越努力，结果越糟糕！”

了解了力的三要素，再去思考佛家的“无人可度”“度人之心不可有”，与“甘愿付出，享受付出，帮助别人其实是成就自己”，就知道这两者之间是没有矛盾的。在帮助别人的过程中，最后成就的是自己。所以，我们要百分之一百二十地去帮助别人，还加上一句：“谢谢你，让我帮助你！”

为了让自己更好，选择通过帮助别人的途径来实现，通俗地说，你要过河，必须划桨，帮助船过去，你自己才能过去。而船能过去，是因为人家是船，如果是石头，你是没有办法的。

既然是为了自己渡河，那么，有多大能力，就划多大的船，船不动，不是船的问题，而是自己的问题。划了，不一定能到；不划，肯定到不了。

无论是分享会的主持人，还是正式课程的讲师，有一点是很明确的：只要坚持做下去，10000 个小时之后，成就的肯定是自己。而在这个过程中，绝大多数的受众，都是老天爷派来成全你的，感谢每个人就好——千万不要纠结于他们是否改变了，是否进步了。

因为参加了分享会，听了课，改变了，进步了，很好！那是因为他们有悟性；没有进步，打回原形，也很好——一无所得，还陪着你玩儿，何等慷慨。

抱着这样的一种态度，走上北大公益讲座讲师的修行之路，三年之后，一个全新的自我便建立起来了——遇到任何人、任何事，你都有力量穿越。那个时候，你对周边的人开始有了影响力，他们可以从你身上看到：从生命走向慧命是可以做到的，而你身上显示的光明圆融善，可以让他们看到希望，也给他们以前进的力量。

恬静心灵

静　心

轻轻地，轻轻地，闭上你的眼睛，用耳朵细细地品味这首美妙的音乐。

慢慢地，慢慢地，让自己安静下来，像孩子一样，静静地依偎在妈妈的怀抱里，完全地放松，自由地呼吸。

人的一生，会听到各种各样的声音，但只有安静的时候，才能听到自己。

让我们抛开一切杂念，让我们回归自己，将心带回到此刻，跟随北大公益讲座，开始一段美好的生命旅程……

生命之问

（一）

为什么，相同的生命，会有不同的遭遇？这个问题，已经超越了“公平与效率”讨论的范畴。

为什么，相同的遭遇，因为不同的生命做出的不同选择，然后，各自得到他相应的结果。——不论他是接受，还是不接受；是愿意，还是不愿意。

所有的生命，都是赤条条空空而来，然后又赤条条匆匆而去。

每一个生命，在来的时候，都是一无所知……

太多的生命，在即将离开的时候，才如梦方醒，发出这样的感慨：啊！原来一切都是自己！怨不得天，怨不得地，怨不得这个社会，也怨不了这个时代，怨不得所有的人，尤其不能怨父母——父母配你刚刚好！叫做不能“怨天尤人”。只是醒悟的太晚了，一切都过去了，来不及了，没有时间了，没有机会了。

有这样一些人，当他们知道自己的生命即将结束，回顾所经历的一切发生，心中怀着莫大的遗憾：早知今日，何必当初！

也有不多的生命，在他们即将离开这个世界的时候，回首一生所走过的路，所遇到的人，所经历的事，他们给自己的一生做了总结，然后，默默地对自己说：今生今世，我无怨无悔……

在这个世界上，只有极少数生命，他们通过一生的修行，用全部的知道和做到，使身边的一切发生了不同，让每一个有缘的生命，因他们而得到快乐和幸福。有一天，当他们知道承载生命的肉身，终将要还给这个大自然，他们可以仰望苍天，敢对苍天说：我仰不愧天，俯不欠人；在我走的时候，比我来的时候，更加纯洁、更加高尚！

其实，每个生命都是一条奔腾的大河。子在川上曰：逝者如斯夫。只是太多的人，在一生中，只是看到河面上的船和船上的帆，或许他们也能看到河面上漂浮的杂物，却很少有人真正穿过河面，来到河的中流，到达河的底床，去了解、去觉知、去感悟，生命内在应有的品质。

今天，就让我们在一起，跟随北京大学公益讲座，共同经历一段生命的特殊旅程……

（二）

为什么会让一个生命，在没有任何准备的情况下，来到这个世界？而且还不告诉他，这一次到来的意义和使命？

这个问题，在我们小的时候，或许问过，随着年龄的增长、知识的增加，人们已经问不出这么深刻的问题了，因为，这是一个似乎没有答案的问题。

既然让一个生命来了，为什么不能让他永远地活下去?

这个问题有答案，而且答案非常明确：不可以的！因为永远地活下去，比有生有死更痛苦，更难熬!

生命的短暂和有限，最重要的意义就在于：让每一个生命珍惜这个短暂的稀缺。

在这个世界上，只有被珍惜的东西才有价值。

就像男女之间的感情，如果彼此珍惜，那叫真正的爱情，否则，就是逢场作戏，始乱终弃，就是阴错阳差，误会一场；就像宝石，如果你珍惜它，它就是宝石，不珍惜它，它就是石头。

所以，当生命因短暂和有限而被珍惜之后，生命的意义才显示出来。因此，拥有生命，所获得的唯一权力就是：好好地活，活出意义，活出精彩。

既然，人不能决定自己的到来，也决定不了自己的离去。那么，如何才能活出意义，活出精彩呢?

今天，就让我们在一起，再经历一段生命的特殊旅程……

（三）

为什么，相同的生命，有的人幸福，有的人不幸福?

为什么，人人都追求幸福，却有人身在福中不知福?

为什么，吃苦是了苦，承担是智慧；惜福才有福，享福是消福?

人的幸福是基于肉体和物质享受，还是基于欲望和精神的满足？

幸福是一种感觉，还是一种感知？如果是感觉，每一个人都会有不一样的感受；如果是感知，幸福就应该有标准答案，可以写成教科书。

幸福是一种感觉，还是一种幻觉？如果是感觉，它只是即时的，如果是幻觉，它可以是缥缈的。你是追求即时的享受呢，还是渴望缥缈的美妙？

幸福是徒步登山——越走越高，还是满天星斗——处处闪耀？

幸福，你在哪里？找到你的路，又在哪里？

灵魂的求诉

此刻，你在吗？这是你的灵魂，踏着音乐的旋律，向你走来，对你诉说——

很长时间了，我一直在追赶着你急促的脚步，可是你，却渐行渐远……

我知道，你已经觉察不到我的存在，就像你觉察不到呼吸的存在；

我知道，你很忙，实在是太忙了，忙到已经把我忘掉了。

可是你知道吗？你为什么有那么多的烦恼，并且与日俱增？

让我来告诉你吧，那是因为，你已经把我忘掉！

曾经，我为你插上理想的翅膀。可是，你现在迷失到哪里去了呢？你已经把自己弄丢了！因为，你把我，弄丢了。

你在追求什么呢？那是你真正的要吗？

你所做的一切，是你的爸妈所期望的吗？是你的另一半所期待的吗？是你的孩子所期盼的吗？

你能有多少理由，还能有多少冠冕堂皇的理由，可以不顾及他们的期望、期待和期盼呢？生命，是用来创造爱的，不是用来迷失的！

如果连这些期望、这些期待、这些期盼，你都可以忘记，那么，接下来，你还能走多远呢？走得再远，又有什么意义呢？

不要忘记呼吸，它与你同存；不要忘记我，我与你同在。

有呼吸在，生命就在；有我在，生命就绽放光彩。

快回来吧，回到我的身边来吧，生命如此珍贵。让我拥抱你，让我和你在一起，让我永远、永远、爱你。

这是你的灵魂，在向你呼唤，在对你诉说……

你听到了吗？

听到了吗？

慧命之光

这支蜡烛被点燃了，这个生命被激活了，它在燃烧。在它的核心部分，是一根用慈悲和智慧拧在一起的灯芯。这根灯芯在燃烧。它的身体也已经全部融入了燃烧。它坦然而快乐地燃烧着，给周边的世界，送去了光明，送去了温暖。此刻，周边的空气，正在向它靠拢，为它提供燃烧所需要的全部氧气。

一个生命在付出的过程中，已经得到源源不断的支持。这就是宇宙的法则。

这一切，是你此刻真正的看见。

下面，请闭上你的肉眼，请打开你的天眼和慧眼，请打开你全部的听觉。让你的三觉合一，托起你的心，升腾，向上升腾，升向天空，升向太空，升向你可以到达的境界，在这样的一个高度，你已经可以看到生命的全部意义。

生命是为了让你看到这颗心的，生命是用来成就这颗心的。你的心，此刻与浩瀚的宇宙同为一体，你的心本来就是如此博大。现在，你真正看到了人的渺小，更看到了，博大的心量，可以使你的生命变得伟大。

一个有心量的生命，才是你最值得珍惜的财富。

请你记住今天的这一刻，你的生命已经被点燃，这是你最真实的看见。

不论外面的风有多大，不论今后你走到哪里，请你一定记住：你的生命曾经被点燃过；你是一支有灯芯的蜡烛，这支蜡烛的灯芯是由慈悲和智慧拧在一起的。

生命需要点燃自己，而且需要去点燃别人，找到那些与你同样被点燃过的生命吧，和他们在一起，相互支持，相互再次点燃。

在燃烧中，生命的光和热会给你带来力量，所有的氧气会向你靠拢，大家会支持你，热爱你，让你成为一个更好的自己。让你的生命真正到达慧命，这是你这一生，活着的全部理由。

回家的路

为什么会有夜晚？夜晚是为了让人打开天眼和慧眼，把目光转向内心，问问自己：从哪里来，要到哪里去？

很久很久以来，我一直在寻找一个家，一个原本就属于自己的家。那里，有真正的自由自在，那里有绝妙的清静清凉。

曾经，妈妈就是我的家。妈妈温暖的怀里，有甘甜的乳汁，有温馨的抚慰，有生命需要的一切的一切！

后来，小小的餐桌，就是我的家。坐在那张餐桌上，吟唱动人的童谣，聆听美丽的传说，幻想遥远的天堂。

再后来，那扇大门里边，就是我的家。虽然有些拥挤，却完全可以遮风避雨，家人相互关爱，共同创造梦想的未来。

再后来，我又有了一个新家。新生命从此诞生。他也是来找家的，眼神好纯真，好感人！我知道，我有责任帮助他，从这个家到未来的家，一直到，最后的家。

今天，当我走过了漫漫的人生长路，开始渐渐明白：其实，那个原本的家，就在我的心里。如果，心都是空的，那就什么也没有了！

家，是一颗赤子的心；心，是每个生命最后的家。

我们终究要离开妈妈的怀抱，而且一切都会过去！最后的家，只是在心里，在每一个生命自己的心里！

而回家的路，在哪里呢？究竟在哪里？

心在哪里，回家的路，就在哪里。

小孩与海

几年前，我第一次到大连。

那天早上，我来到海边散步，欣赏大海，仰望大海，遥望大海……

走着走着，我看见一个小孩。那时，正是大潮退去，沙滩上石头边，在一些坑坑洼洼的地方，有些小鱼、小虾、贝壳、海星没有来得及回归大海，就被搁在大海的沙滩上。

这个小孩弯下腰，捡起这些小鱼、小虾往海里扔，送他们回归大海。

这一幕，也被前面一个大人看到了。这个大人走过来对小孩说：“孩子，你是扔不完的。”

孩子头也没有抬，继续捡着，扔着；捡着，扔着，然后说了一句：“我知道，但是他们很可怜，我要送他们回家。”

这样一个生命对另一个生命的支付，让我的心，感到震撼。

是的，我们在这个世界上确实做不了太多；我们在帮助别人的时候，确实非常有限；但是我们这颗心，是这颗心，它在支撑着我们全部生命。

今天，我终于知道了：为什么我们志愿者服选择了蓝色，因为那是大海的颜色。

选择大海一样的颜色，就是我们要有一份像大海一样的爱。

只要有这份爱，我们希望每一个被我们遇到的生命，能够活得更好；

只要有这份爱，就会让我们的生命，愿意对另一个生命有所帮助；只要我们有这颗心，我们自己的生命就会永远充满光明圆融善。

假若自由明天来临

假若自由明天来临，有一个声音踏着音乐的旋律，向你走来，对你诉说……

清晨，当秋水共长天一色，你从睡梦中醒来，一眼看到了铁窗……

黄昏，当孤鹜与落霞齐飞，你带着疲惫的心，徘徊在高墙之下……

自由，你曾经拥有。就像小鱼儿，一旦离开了水，才知道，水是那么重要；

自由，你曾经拥有，就像小鸟儿，一旦失去了天空，才知道，笼子的味道。

当自由变成梦寐以求，当自由成为灵魂急切的渴望，当自由成为亲朋好友遥遥的企盼；生命之舟，却已经在这里停泊，开始一次人生的休整……

过去的，已经成为过去。

是的，一切都会过去！人生所有的忍受、承受，最终都要通过接受，才能到达享受。

痛苦与磨难，可以让人获得智慧。这一次磨难，与其说是一种偿还，不如说是一次警醒！

当你重获新生，从这次经历中得到的，是生命的智慧呢，还是一次生命的浪费？这是灵魂对你的拷问！

你，不能白白度过这一生；这一生，也不能白白经历这次刻骨铭心的磨难。

假若，自由明天来临，你准备好了吗？

当你迎着朝阳，走出这道院墙，有一条河，是属于你的，虽然，这条河不会清澈见底，肯定会有浊流和险滩。那时，你会像鱼儿珍惜水一样，珍惜自由吗？

当你沐浴晚霞，走出这道院墙，有一片天空，是属于你的，虽然，这片天空不会永远湛蓝，肯定会有乌云和雨电。那时，你会像鸟儿一样，享受自由吗？

假若，自由明天来临，你准备好了吗？

是的，假若自由明天来临，你真的准备好了吗？

一切都会过去

茫茫宇宙，浩浩太空。

我们的生命，原来是这样一次偶然。

我们只是拥有经历这一次的机会。这一次，究竟是为什么而来呢？

所有的表扬会过去，一切的赞颂也会过去；冷嘲热讽会过去，诽谤中伤也会过去；喜庆与欢乐会过去，苦难与忧伤也会过去；权利与财富会过去，身材与美貌也会过去……

既然，一切都会过去，当这一切过去之后，我们又能带走什么呢？唯一能带走的，就是一个更好的自己。当这一切过去之后，我们能留下什么呢？

人生，为自己或许能够得到成功。但成功终究也会过去。人生只有为了别人，才可以留下，留下一片光明圆融善。

还记得那朵小红花吗？还记得那次痛心疾首吗？还记得那次实

在过不去吗？现在，一切都过去了。

在这个世界上，但凡你想要的，只要你努力了，假若上帝还不肯给你，那一定是因为后面有个更大的、更重要的在等着你。

能够让你放下的唯一的理由，就是你看到了，后面那个上帝为你准备的礼物。生命是一次寻找，寻找你真正应该要的。

生命是用来追求价值的。人生最重要的价值，究竟是什么呢？是心中的光明，是对外部世界的圆融，是那个引领一切的善。她——就在我们每一个人的心里。

善良是灯塔

其实，在我们每一个生命的内在，都有一座灯塔，这就是：“善”。

只要我们发出善念，并且努力去践行，就会给这个世界带去片光明。

而当你的善良照亮别人的时候，别人也会照亮你。在光明的照耀下，任何怀疑与黑暗，任何纠结与恐惧，都会烟消云散。

每一个生命共同创造的光明，将会永续长存。让我们心中善的灯塔，永远照亮从生命到慧命的漫漫旅程。

夫唯不争

北京大学公益讲座，倡导光明圆融善的人生态度，坚信只要能圆融万象，就一定能化境为宜。

我们以光明的心态，看待这个世界；以光明的形象，走进现实生活；以友善的态度，对待一切生灵。

我们相信：夫唯不争，天下莫能与之争。相信善行天下，善，才是这个世界的本源。

我们坚信和谐创造美，和谐是每一个生命的渴望。

我们是光明圆融善的梦想者，我们是光明圆融善的践行者。

灵魂的守望

你问我　这条路可有尽头
我说　我会一直陪你走
就算是地老天荒
也会守望你的所有

所有的欲望失望与期望
所有的渴望盼望与希望
而你　在孤独的前行中
还在守望着什么呢

那叶小扁舟已在雾中消失
那朵小红花已随风儿飘走
那次怒发冲冠已不知为何
那场愁云夜雨已付之东流

喧嚣过后的寂静心海
醒悟之后的蓦然回首
早已忘却浪荡的虚名
从此放下执着的强求

只有纯真的微笑

还会映在春天的桃花沟
只有浪漫的情怀
还会举起金秋红叶的手

你问我　这条路可有尽头
我说　我会永远陪你走
任细雨冲刷往事
任微风带走忧愁

就是这样　从过去到现在
从现在　一直到永久
守望你的爱与恨
守望你的所有的所有

我是一条小河

我是一条小河
曾经见过大海
所以我知道
生命之舟都会渴望
最终去到大海扬帆

我是一条小河
曾经到过大海
所以我明白
只有用生命去承载
才会拥有一个希望

我是一条小河
永远感恩大海
所以我知晓
仅仅承担还是不够
还要再给一顶风帆

我是一条小河
曾经感知大海

所以我深知
人生不是一条直线
明确目标顺其自然

我是一条小河
曾经领悟大海
所以我相信
该去的船一定会去
缘分不能求不能攀

我是一条小河
曾经享受大海
所以我敢说
小船一旦看到大海
到达的是那位船长

我是一条小河
曾经眺望大海
所以我感叹
大海无比宽广辽阔
航船尽可驶向远方

我是一条小河
曾经欣赏大海

所以我清楚
回首不是依恋过去
感谢只是为了远航

我是一条小河
河床连着大海
所以我坦然
一江春水向东流去
送船出海只是担当

我是一条小河
真心向往大海
所以我坚信
总有一天千帆竞发
歌声在海面上漂荡

我是一条小河
终将归于大海
所以我悟到
所有做到只是信任
光明圆融只为行善

去去就来

终有一天
太阳如约升起
我已经不能伸出双臂
拥抱每一缕爱的阳光
但我会用最后的情怀
感恩一切
因为心中有爱
只是去去就来

终有一天
我知道
要与眼前和身后的一切
做一次短暂的告别
要到那清静的地方
接受洗礼
准备再次出发
只是去去就来

终有一天
我知道
走后会有人用哭泣送我远行

我将带着微笑从容挥手
生离死别是一次次功课
迟迟早早
大家都会了解
只是去去就来

终有一天
我知道
如果满怀喜悦结束这一次
下次再来一定会更好
光明可以穿越三界
抱着相信
带着至慧重返
只是去去就来

去去就来
去去就来
没有悲哀
无须徘徊

去去就来
去去就来
心中有爱
此去如来
此去如来

就这样

你就这样
远远地站在那里
我望着你
就像看到我自己

清晨的薄雾
让你变得朦胧
我看不见
你要去的远方

黄昏的金辉
洒遍你的全身
就像洒在
我静静的心里

你是我的念
我的想被你主宰
光明圆融善
是区区一念的追寻

你就这样
默默地点燃自己
光而不耀
暖流涌进我心里

明媚的春光
照亮弯曲的小路
别无他念
随你去那远方

清新的秋风
舞动金色的麦浪
无须言语
已经意足心满

你是我的灵
我的魂被你牵萦
和你在一起
生命开始走向慧命

为此而来

我来到这世上
是为了融入蓝色
像天空一样辽阔

我来到这世上
是为了融入蓝色
像大海一样宽广

我来到这世上
是为了寻求真诚
找到更好的自己

我来到这世上
是为了证实善良
享受付出的乐趣

我来到这世上
是为了彰显人性
留下独立之精神

我来到这世上
是为了获得尊严
驰骋自由之思想

我来到这世上
是为了一个祈愿
传递光明圆融善

我来到这世上
是为了一个目标
让生命走向慧命

写意音符

蓝色志愿者

在中国的大江南北
有一群蓝色的志愿者
虽然他们普通平凡
可是他们有一颗美丽善良的心
他们年复一年
他们岁岁月月
声声诵着那坚定的理念
这理念多么朴实无华
这理念多么深厚沉静
这理念字字浸润心灵
这理念声声呼唤善良
这理念传送着他们赤诚的爱
也倾诉着他们心中真实追求

在中国的大江南北
有一群蓝色的梦想者
他们选择了默默前行
他们对世态炎凉看得清清真真
他们无组织
他们无纪律

要把北大公益做到尽善尽美
这理念多么朴实无华
这理念多么深厚沉静
这理念字字浸润心灵
这理念声声呼唤善良
他们甘愿放下名利放下自以为是
坚信帮助别人就是成就自己

啊……啊……啊……
啊……啊……啊……
他们甘愿放下名利放下自以为是
坚信帮助别人就是成就自己
成就自己

善的缘起

奔波的人
请问你来自哪里
你可曾听说过善的缘起
她随着你的心
穿越了戈壁
多年以前丢失在迷茫的风里
多年以前丢失在迷茫的风里

修行的人
你是否心存疑虑
你可曾相信过因善而美丽
善良人的眼睛
永远都多情
可曾听见过天籁般悠扬的声音
可曾听见过天籁般悠扬的声音

戈壁滩上的驼铃
我问问你
你能否告诉春秋四季
不管是日落

还是黎明
善良人在享受着付出的欣喜
善良人在享受着付出的欣喜
用最美的笑容讲述善的缘起

公益行

一路上
静静眺望远方
细细铃声难断
真心语
诉衷肠
山风轻
韵悠长
百草园
何处君子兰

心密难藏
无住于布施
江天月影独醉
潮落去
童相会
庞愿满腔
知难为
一意孤行
何必说憔悴

啊
银河旋转
宇苍茫
心在飞
啊
星辰难追
转瞬间
却已数千岁

至慧命
水天难得一色
梅竹执意双清
散虑斋
翰墨香
独挥毫
戒定无量
只等闲
情满他乡

公益之路

一条小路曲曲弯弯细又长
一直通往光明圆融善
我要沿着这条细长的小路
跟着北大公益走四方
我要沿着这条细长的小路
跟着北大公益走四方

纷纷雪花掩盖了我的足印
脚步总是伴着歌唱
我要沿着这条细长的小路
跟着我的心追逐阳光
我要沿着这条细长的小路
跟着我的心追逐阳光

每份礼物传递着我的真爱
善行脚步就是我的歌声
我要沿着这条细长的小路
让世界充满大爱的芬芳

一条小路曲曲弯弯细又长

一直通向心灵的家园
我要沿着这条细长的小路
与你踏遍万水千山
我要沿着这条细长的小路
与你踏遍万水千山

漫漫长路修炼了我的意志
目标坚定走向远方
我要沿着这条细长的小路
实现童年的梦想
我要沿着这条细长的小路
实现童年的梦想

一条小路曲曲弯弯细又长
一直通往光明圆融善
我要沿着这条细长的小路
跟着北大公益走四方
我要沿着这条细长的小路
跟着北大公益走四方

庐山之恋

在你的眼里
在我的心里
美庐曼妙沉醉
白鹿书声依依

月映仙人洞
悠韵飘花径
锦绣山谷深处
纵览龙首云飞

五老含鄱口
芦林映天池
秀峰飞流直下
三叠瀑洒如银

多少年以后
时间已飘走
景寅山的记忆
深深刻在心里

茫茫人海中
有多少你我
白墙红瓦之间
从生命到慧命

满天的星斗
在头顶闪烁
漫步雾海云游
相伴松涛入眠

多少年以后
我们已老去
牯山今街的灯火
却依旧迷离

轻轻的细语
伴歌声萦绕
那样清澈温馨
在庐山的夜晚
静静等待故人
像庐山的夜晚

银滩之梦

在你的眼里
在我的心里
青山碧海鸥飞
银滩白浪依偎

浓荫遮落日
世外见仙山
月亮湾的珊瑚
盛塘村的相思

涠洲岛熔岩
五彩滩青苔
滴水丹屏寻幽
林茂崖高揽胜

多少年以后
时间已飘走
斜阳岛的记忆
深深刻在心里

茫茫人海中
有多少你我
蓝天白云之下
从生命到慧命

满天的星斗
在头顶闪烁
脚下细沙柔软
心中涛声依旧

多少年以后
我们已老去
银滩上的灯火
却依旧迷离

轻轻的细语
在心田流淌
那样清澈温馨
在梦幻的银滩
静静等待故人
像银滩的夜晚

天坪山传奇

在你的眼里
在我的心里
云林天乡秀美
荷塘月色幽静

千年二圣镇
仙境天坪山
渝黔古道沧桑
磨盘山高水长

海棠花似海
巴南银针香
梨园漫若飞雪
五子古树苍苍

多少年以后
时间已飘走
天心寺的钟声
还萦绕在心里

茫茫人海中
有多少你我
万顷云雾之间
从生命到慧命

清华白鹭潭
水榭红叶桃
紫薇山的畅想
黄金湾的浪漫

多少年以后
我们已老去
格桑花的祈愿
仍回荡在天际

轻轻的细语
伴山泉流淌
那样清纯温馨
在梦幻的天坪山
静静等待故人
像天坪山的夜晚

情系桂林

在你的眼里
在我的心里
漓江依山回转
百里画廊曼妙

叠彩芦笛岩
独秀象鼻山
九马画山绝壁
黄布倒影秀奇

鲤鱼岛渔火
明月山轻风
千年香樟葱葱
图腾古道漫漫

多少年以后
时间已飘走
兴坪湾的记忆
深深刻在心里

茫茫人海中
有多少你我
朝天河畔信步
从生命到慧命

印象刘三姐
天籁蝴蝶泉
阳朔西街攘攘
榕荫古渡幽幽

多少年以后
我们已老去
两江四湖夜色
却依旧迷离

轻轻的细语
伴歌声萦绕
那样清纯温馨
在梦幻的桂林
静静等待故人
像桂林的夜晚

道源丫山

在你的眼里
在我的心里
丫山云海缥缈
书院道源悠久

灵感三千界
守仁五百年
双秀望断南安
章江润泽大余

观云台巍峨
真君洞神秘
龙鼎湖水清澈
怀云茶亭留香

多少年以后
时间已飘走
灵岩寺的钟声
仍回荡在天际

茫茫人海中
有多少你我
青山绿水之间
从生命到慧命

卧龙谷幽幽
十八瀑潺潺
兰花点缀层林
杜鹃映红龙山

多少年以后
我们已老去
九成山舍灯火
却依旧迷离

轻轻的细语
伴歌声萦绕
那样清纯温馨
在梦幻的丫山
静静等待故人
像丫山的夜晚

依然青春

当你老了
鹤发童颜
依然纯真
当你老了
北海重游
银滩看黄昏
回忆青春
一群蓝精灵在沙滩上欢笑的时辰
感受你的欣喜
深沉或纯真
只有自己才能看得到虔诚的灵魂
渐渐变成你苍老的皱纹

当你老了
依然青春
从生命到慧命
风吹过来你的消息
还是那首志愿者的歌

当你老了

满面红光
依然温存
当你老了
四海重游
忆往昔征程
情义深深
一群蓝精灵云游四方欢笑的时辰
感受你的真心
奔放或温存
也许有一个人懂你虔诚的灵魂
懂你苍老的脸上的皱纹

当你老了
依然青春
从生命到慧命
风吹过来你的消息
还是那首志愿者的歌

当我老了
我真希望
这首歌是唱给你的

梦想者

想象这个世界就是天堂
这样想不容易
我们脚下没有地狱
而头顶只有天空
想象这世界上所有的人
只为当下活着

想象这世界只有国家
这样想并不难
没有什么需要战争与牺牲
也没有什么过不去的纠纷
想象这世界上所有的人
都能光明圆融善

你会说我们是梦想者
但我们绝不是少数群体
期待有一天你也加入我们
这世界将会实现大同

想象这世界不去争夺财产

这样想，你能吗
不再继续贪婪
停止过度欲望
人与人像家人一样

想象这地球上所有的人
共享着整个世界
你会说我们是梦想者
但我们绝对不是少数群体
期待有一天你加入我们
这个世界将会实现大同

志愿者之爱

我是如此爱你们
别问我爱你有多深
我是如何活到现在
我告诉你们　我不知道
我想你们会明白
我的心曾经多么孤独
生命开始走向慧命
就在走进北大公益的那一天

是的　我知道
那些日子多么孤独无爱
只有影子陪伴我
黑夜令我困顿和迷惘
从那天起　我不再沮丧
因为有志愿者陪伴着我

你们都是爱我的
你们所有的做到都是为了让我更好
是你们放飞了我的心
我因你们所做的一切而感到幸福

课堂的时光　总是短暂
但听过一次就已明白
除了爱　一切已死

在我的信仰中
我是如此爱你们
那些日子多么孤独无爱
只有影子陪伴着我
黑夜令我困顿和迷惘
从那天起　我不再沮丧
因为有志愿者陪伴着我

真爱的曙光

漫长的等待
等待奇迹的出现
大家告诉我要坚强
珍惜而不执着

走过漫漫人生长路
我知道我一定会坚守真爱
世人都以为真善美已经远去
但是我却一直在等待

就在那一天
我看见一群蓝色志愿者向我走来
那片蓝色夺走我的目光
不敢相信天空如此湛蓝

透着光明圆融善
我流下了眼泪
就让泪水注满
灵魂淹没恐惧
就让大爱粉碎心墙

迎接新生活的曙光
新的一天来临
新的一天来临

光芒万丈　不再黑暗
满心欢喜　不再痛苦
自信十足　不再脆弱
我看到海边的小男孩纯真的眼神

就在那一天
我看见一群蓝色志愿者向我走来
那片蓝色夺走我的目光
不敢相信天空如此湛蓝

透着光明圆融善
我流下了眼泪
就让泪水注满灵魂
淹没恐惧
就让大爱粉碎心墙
迎接新生活的曙光
新的一天来临
新的一天来临

透着光明圆融善

我流下了眼泪
就让泪水注满灵魂
淹没恐惧
就让大爱粉碎心墙
迎接新生活的曙光
新的一天来临
新的一天来临
一道蓝色的风景线

让我重生
我看到每个人心中的善良
我看到海边的小男孩纯真的眼神
不敢相信志愿者带来的真爱的曙光
不敢相信志愿者带来的真爱的曙光
让我重生

是你们让我知道

生命是一次寻找
寻找那个真实的自己
人生最后所拥有的
只是经历一次的机会
生命中的每一个发生
其实都有非凡的意义
需要用心去感悟和洞察
而成就自我的过程
其实是转识成慧的过程
我们只需等待
等待与有缘人的相会
而他们 一直都在……

当我迷失自己的时候
我的灵魂
是那么孤独寂寞
当烦恼袭来的时候
我的内心
是那么无可奈何

我默默地伫立在风中
静静地等待新的希望
直到志愿者来临
你们用心和我在一起

是光明照亮了我
让我重新找回真实的自己
是圆融启发了我
让我从此笑看人生风雨

在善的引领下
我学会接受所有的发生
与你们同行　让我知道
只有自己才能成就自己

珍惜生命的伟大
每一颗悸动的心
都为到达慧命而跳动
听到灵魂的求诉
让我感受到了生命的奇迹
甚至让我热泪盈眶
因为有善良
我看见了慧命的永恒

是光明照亮了我
让我重新找回真实的自己
是圆融启发了我
让我从此笑看人生风雨

在善的引领下
我学会接受所有的发生
与志愿者同行　让我知道
只有自己才能成就自己

有你们，真好

因善而相识怎能忘怀
共同度过的那些时光
因善而相识怎能忘怀
共同度过的那些时光
为了光明圆融善　亲爱的
为了光明圆融善
喜悦荡漾在我们心中
共同度过的那些时光

友谊依然　志愿者们
依然真实地信任
我们为享受付出感到骄傲
用真心传播大爱
我们心心相印　彼此鼓励
我们拥抱真诚　相互关爱
这美好的氛围直到永远
无论经历多少岁月

我们心心相印　彼此鼓励
我们拥抱真诚　相互关爱

这美好的气氛直到永远
无论经历多少岁月

友谊依然　志愿者们
依然真实地信任
我们为享受付出感到骄傲
用真心传播大爱
我们心心相印　彼此鼓励
我们拥抱真诚　相互关爱
这美好的氛围直到永远
无论经历多少岁月

我们心心相印　彼此鼓励
我们拥抱真诚　互助关爱
这美好的气氛直到永远
无论经历多少岁月

我们的祈祷

我们祈祷每一个生命
都能光明圆融善
用慈悲和智慧
度过彷徨的时刻

让这个信念
伴随我们前行
无论在哪里
无论与什么人相处
都能化境为宜

在回家的路上
祈祷心中充满光明
努力践行圆融万象
将善留在心中
并且传给世界

每当夕阳西下
我们心中充满正能量
因为知道明天的太阳

还会再一次升起

强烈的信念
在阴影覆盖白日之时
引领我们坚定前行
我们因为有信念
所以才得到快乐平安

我们梦想未来的世界
人人因善而美丽
握住亲朋好友的手
拥抱每一个爱你的人

内心强大的力量
来自生命的仁慈
这是世界的希望
苍天如此眷顾我们
愿人人都能找到爱
希望大家都能付出爱
从内而外扩展这份爱
一直这样到永远

让这段祈祷
好似海边的小孩

在每一个需要爱的地方
付出我们全部的力量

苍天赐予我们的信念
是宇宙运行的法则
只要去践行这个信念
最终将成就我们自己

无需言语

你曾说过不需要
活在无边的梦境
我们志愿者承诺
只为让你更好而来
你曾说过你不需要
我们的歌声
将唤醒你心中的
光明圆融善
真心真意
别说你不需要

我们原本与你
同在一个世界
别说你不需要

我们带着梦想而来
让生命走向慧命
不管是风是雨
有爱，就好
别说你不需要

请相信心能转境
我们甘愿付出
享受付出
真心真意
成就自己
别说你不需要

我们原本与你
同在一个世界
别说你不需要

我们带着梦想而来
让生命走向慧命
不管是风是雨
有爱，就好
别说你不需要
请相信心能转境
我们甘愿付出
享受付出
真心真意
成就自己
别说你不需要

我们原本与你

同在一个世界
别说你不需要

我们原本与你
同在一个世界
别说你不需要

我们原本与你
同在一个世界
别说你不需要

美丽神奇的丫山

在那遥远的地方
云雾在脚下飘荡
微风轻轻吹过
竹海掀起层层波浪

古树环绕的青山
晴朗的天空如此湛蓝
登上高高的九成山舍
双秀峰藏在云端

那是美丽的丫山
那是神奇的丫山
在古树环绕的山间
道源书院虎踞龙盘

那是美丽的丫山
那是神奇的丫山
在翠竹拥簇的卧龙谷
瀑布飞流闪动着银光

在那遥远的地方
丫山让人流连忘返
带着古朴的民歌民谣
放飞美丽乡村的梦想

那是神奇的丫山
悠久的文化历史让人神往
红梅坡遥望古道漫漫
章江边聆听渔歌唱晚

那是美丽的丫山
那是神奇的丫山
怀云茶亭上清茶一盏
憩心楼栏边低吟轻唱

那是美丽的丫山
那是神奇的丫山
龙鼎湖水蓝得那样可爱
天街台灯火彻夜不眠

有一群人曾经在这里
寻找光明圆融善
有一群人曾经从这里
让生命走向慧命

有一群人曾经在这里
寻找光明圆融善
有一群人曾经从这里
让生命走向慧命

仰望泰山

泰山，五岳独尊，雄峙东海
泰山，拔地通天，钟灵神秀
旭日东升，雄浑中兼具明丽
晚霞夕照，静穆中透着神奇

中华深厚的文化在这里传承
天人合一的理念在这里彰显
传承五千载文明的象征
寄托两百年复兴的梦想

我们在岱庙边相聚
在苍松巨石的泰山下相逢
敞开心扉诉说心中的渴望
分享人生经历的酸甜苦辣

我们在红门前相聚
尽显蓝色志愿者的情怀
过去的都让它成为过去
活在当下是最好的珍惜

诗与远方

泰山，昂首天外，从善如登
泰山，巍峨雄伟，气势磅礴
泰山佛光，历万年风雨而不衰
云海玉盘，经百世沧桑而不辱

幸福是每一个生命的向往
幸福的路在每个人的心中
快乐自己才能快乐他人
人人快乐自己才能快乐

我们在泰安城相聚
为了一个更好的自己而来
诗化的人生带给我们幸福
相互的友爱带给我们力量

我们为追寻幸福相聚
在享受付出中成就了自己
抱着相信勇敢地走向未来
带着梦想快乐地过好每一天

有一群人曾经在这里
寻找心中的光明圆融善
有一群人曾经从这里
享受生命走向慧命的美妙

有一群人曾经在这里
寻找心中真正的幸福
有一群人曾经从这里
享受生命走向慧命的美妙

爱的回应

柔声轻诉的细语
紧拥我入你温暖胸怀
感触你的真心
柔情的颤抖阵阵涌起
沉浸在同为一体的世界里
共享合二为一的美妙慧命
光明让生命在夜色里充满温暖
圆融让生命散发着美酒的醇香

柔声轻诉的细语
苍天也在听你的诉说
生命是用来创造爱的
我已经回到你的身边
原来一切是自己
我已经开始走向慧命
原来自己是一切

生命是如此珍贵
我已经听到你的诉说
我已经回到你的身边

让我们拥抱在一起
让我们永远不分离

柔声轻诉的细语
苍天也在听你的诉说
生命是用来创造爱的
我已经回到你的身边
原来一切是自己
我已经开始走向慧命
原来自己是一切
光明让生命在夜色里充满温暖
圆融让生命散发着美酒的醇香

柔声轻诉的细语
苍天也在听你的诉说
生命是用来创造爱的
我已经回到你的身边
原来一切是自己
我已经开始走向慧命
原来自己是一切
我已经开始走向慧命
原来自己是一切

诗化人生

相见欢·忆往昔

——为纪念科瑞集团成立二十周年而作

（2011 年 12 月 13 日）

（1）

心高惊了苍穹，
情义浓，
豪杰六俊同乘世纪风。
顺天威，
蛟龙飞，
云涛涌，
回首多少惊喜落花丛。

（2）

商战诡谲棘丛，
雾浓浓，
几多豪杰一时落西风。
升若坠，
安居危，
潜涛涌，
总是静水深流向江东。

（3）

谁敢戏言称雄，
山重重，

功名利禄本是一场空。

心相对，

善与非，

时光匆，

留得青山无愧百年松。

（4）

鬓霜染了颜容，

太匆匆，

谈笑秋月春花雪飞冬。

马蹄碎，

向天追，

长啸风，

总憾人生无常水常东。

（晓剑）

青花瓷·当年

2042 年仲夏夜，科瑞五十周年之际，两位 85 岁老翁，回首当年，记之。

（一）

晓月空悬，
寂静幽处，
梓里竹林深深。
清茶二盏，
鬓霜老翁话相见，
欢了燕海雀。
论剑当年，
厦门开启，
豪情万丈东南亚。
春光无限，
白鹭落科源。

（二）

江风依旧，
桃源花柳，
钩叟莲娃歌悠。
把酒望月，
文功武略论天官，
惊了涧流。
逐鹿中原，

挥师胶东，
苍茫商海呼新秀。
沉浮几度，
淡天星无数。

（三）

月出东山，
溯光斜影，
扁舟清风夜阑。
沧浪傲翁，
芳酒任醉诵诗禅，
破了林安。
逐涛南澳，
越海东洋，
长绳系日不肯还。
雨蓑风帆，
壮志跃中寰。

（四）

岁过半百，
天命遂至，
横亘尽数化白。
山来我来，
登高望月星空窄，
知了天籁。

林隐大雁，

敦煌莫高，

野鹿菩提觉悟在。

光明圆融，

善念心量开。

（原计划八篇，终未完稿）

雪境

——和晓剑《春雪感怀》

（2012年3月4日）

雾锁江天不见山，银光闪动驱春寒。
掀帘遥望故乡路，碎雪零落戏楼兰。
时节轮回惆怅少，境随心转慈悲还。
半百过后方知命，窗外门里处处禅。

晓剑 春雪感怀

雨水过后，瑞雪春至，生日又遇“两会”。

雾锁风林断燕山，银光弄影鸟声寒。
掀帘望雨寻青迹，醉雪翻飞却戏兰。
天地时节春日少，人间暖景随心还。
同嗟百岁强过半，高士玄窗学静禅。

心空

——和晓剑《北海赏春》

（2012年4月4日）

暮色鬓白发，风清云是家。
林深掩路径，嫩绿映晚霞。
试问湖边柳，堆红谁最佳。
夜夜有皎月，心空若浩遐。

晓剑 北海赏春

壬辰清明前，与湛如法师等餐寒食于北海乙六。

暮色烟白塔，风清暗柳斜。
长林空翠径，嫩绿乱归蝶。
试向湖边觅，堆红任采撷。
何夜无皎月，但少与师携。

醉陶然

——和晓剑《樱花水岸》

（2012 年 4 月 12 日）

夜望空悬月，清光洒春江。
樱花若白雪，飞落小桥廊。
雨过白杨秀，风来青草香。
悠悠千年酒，一醉一陶然。

晓剑　樱花水岸

樱花时节，夜深不寐，与师信步于京都高濑川。

夜艳惊微月，清光抹籁江。
樱白依翠柳，暮放妩桥廊。
雨细花纷至，飘随碧水香。
悠酌町木酒，晚去雪湿裳。

知难行难

（2012年5月2日）

北大公益讲座开讲81场感怀。

知难行难知行难，行知知行悲智双。

人闲夜雨知晚矣，酒过醒来是沧桑。

天洗

——和晓剑《烟雨江南》

（2012 年 5 月 15 日）

横风狂雨几多愁，飞泻直下若帘稠。
洗却浊泥唯天意，留得坚石定江洲。
月暗蛙声声声起，灯稀路人人人惆。
志高何必追无度，珍惜当知悟回头。

晓剑　烟雨江南

壬晨初夏，夜飞洪城，遇强降雨，汪洋一片。

雨横风狂泽城寒，烟笼暮色断桃岚。
一翼穿雾飘落下，千行又向料峭山。
月暗灯稀蛙声起，巷泊街茫客行难。
男儿有梦追无度，扁舟不系浪江南。

不思归

——和中天《堂前》

（2012 年 6 月 1 日）

堂堂正道不思归，物迁事过无是非。
鬓霜沧海忘流年，唯见宏愿伴云飞。

中天 堂前

堂前飞燕依旧归，物是情浓人已非。
鬓角染霜叹华年，唯愿科瑞展翅飞。

惜当下

——和晓剑《登机前偶思》

（2012年7月2日）

雨留客心悠，江逐浪飞流。
相逢忆旧日，飔风难持久。
人生几轮回，常怀千岁忧。
枉过唯当下，何必望月游？

晓剑　登机前偶思

上周早发于京，晚归于昌，大雨滂沱，故人相送，20年堆积的思绪。故诗之。

雨送客匆匆，江逐浪悠悠。
相逢不为久，飔风縠静流。
风流难过百，莫怀千岁忧。
枉系天上日，何不望月游？

童心

——和中天《学空竹有感》

（2012年8月22日）

人生虽短可求乐，功夫只在能偷闲。
烦恼浮云常遮眼，童心未泯留丹青。

中天 学空竹有感

人生苦短快且乐，偷得功夫片刻闲。
不畏浮云遮望眼，只求童心伴丹青。

静灵

——和海燕《虞美人·禅》

（2012年8月25日）

薄情厚意谁是空？清凉处处风。一轮孤月千年照，万里白云过眼烟消中。

知难行难何为难？悲智双运也！常思先贤经百篇，恬静无忧心远地自灵。

海燕 虞美人·禅

品读唐朝王维禅诗后有感，填写一曲。

薄暮空谭曲不终，清凉松间风。一轮朗月当空照，万物皆品自然入禅中。

此情此景安何在？境由心生也！常读禅诗百千篇，宁静悠远心性自空灵。

流水年华

——和海燕《鹧鸪天·问》

（2012 年 9 月 29 日）

惆怅夜半何处醒，苍穹临窗月正明。秋水有意望穿眼，微星点点凄凄情。

晨曦早，白露浓。一怀愁绪如幻影。流水年华难追忆，此生归途在修行。

孙海燕 鹧鸪天·问

惆怅夜半三更醒，默默临窗望苍穹。点点微星凄凄焉，秋月无情当空冷。

夜正深，露华浓。一怀愁绪两袖风。流水年华匆匆去，昏昏噩噩终无成。

忆当年

——和晓剑《秋鸿春燕·墨尔本赏春》

（2012 年 10 月 7 日）

青云追月别红尘，一眠寒夜已是春。
香山红叶萧萧落，雅谷绿草静静生。
云窗遥想当年梦，雾槛幽思寒齿唇。
苍风枯雨面难对，归去来兮无良辰。

晓剑　秋鸿春燕·墨尔本赏春

青天追月斋云尘，一夜寒秋入浅春。
燕山秀叶依依落，雅谷烟霞淡淡茵。
云窗坐望千层嫩，雾槛幽思万野垠。
苍风暖雨枯红对，归去来兮共此辰。

悟知空樽

——和晓剑《和静园·天高云红》

（2012年10月29日）

天远和光落月尘，佳宴忘星辰。堂风软吹，香丝飘徊，寸金若玉珍。

千盏流红难一醉，心明处处春。鬓灰颜瘦，气宇胜仙，一悟知空樽。

晓剑 和静园·天高云红

天高桂魄夜无尘，芳宴祝良辰。和堂风软，香炉丝飘，嫦娥献玉珍。

流红千盏同一醉，亲朋贺万春。慈鬓朱颜，气宇鸾仙，明月照金樽。

愿当还

——和晓剑《横山听经》

（2012 年 11 月 3 日）

壬辰之梅月，北大公益讲座在南怀瑾出生地浙江翁垟开讲第 115～116 场，结束之时，细雨淅沥，收晓剑《横山听经》，和之。

细雨浊尘去，残叶落秋寒。
宋玉悲愤日，横断祭天坛。
圣卷解千惑，洪儒问空禅。
驾羽何须疾，蒙愿当知还。

晓剑　横山听经

壬辰之梅月，陈洪校长讲《法华经》。

细雨催秋去，残风扫叶寒。
宋玉悲愁日，横山妙法坛。
圣卷迷宫惑，洪儒笑释禅。
驾以白牛疾，蒙穷始渐还。

应无住

——和晓剑《秋风睡雨》

（2012 年 11 月 7 日）

澜庭秋寒夜，风过惊醉翁。
朝望红叶挂，夕来折枝空。
万般无所住，心远何西东。
静闻隔窗雨，开裂是枯桐。

晓剑　秋风睡雨

夜归，风起，寒流，雨带雪。

澜院寒秋夜，风狂若醉翁。
朝去黄笼挂，夕归一树空。
万事无常住，心随水向东。
静卧听窗雨，开门雪压桐。

真空妙有

——和晓剑《诗说妙法》

（2012 年 11 月 7 日）

西风卷冬雪，遍扫绿叶莲。
柳折何以堪，菊黄早经年。
诗书千万卷，雅园话如烟。
妙有真空溢，知行在当前。

晓剑　诗说妙法

初雪京城，暖聚横山，高师天慧，雅诗法华。

西风一夜雨，遍地满白莲。
柳断因秋叶，菊凋怨雪年。
经坛香伴乐，雅院却春烟。
妙法诗中溢，知津牧牛前。

真善即美

——和晓剑《赞彭友善大师美术馆开馆》

（2012 年 11 月 26 日）

壬辰梅月，未赶上彭友善大师美术馆开馆仪式，次日率众志愿者前往瞻仰，领略大师风范，甚解活在死后真谛。

一生正气溢满堂，八面清风漂长廊。
笑迎四方尊宾客，不畏权贵自为王。
小处着墨竞神化，古往今来善真篁。
倚天长啸立千口，揽月卷风笔端藏。

晓剑 赞彭友善大师美术馆开馆

壬辰梅月，与中天同往，系统领略大师风范。

一品松间新书堂，八大策杖串邻廊。
笑问丹青何处客，不言厚墨会师王。
小岭风林神迹化，古今对语过幽篁。
倚窗雀鸟惊轩口，揽尽山川气韵藏。

散宴

——和晓剑《定风波·雪夜围炉》

（2012 年 12 月 14 日）

壬辰岁末瑞雪纷飞，老友夜话 20 年人生感悟。

寒雪轻飘涤宇清，枯枝漫指满天星。风不落处随鸟去，飘逸，夜色苍茫晛新茗。

抖却征尘踏新舟，津渡，世道千回公正心。风过长城人不见，散宴，白纸一展写丹青。

晓剑　定风波·雪夜围炉

壬辰瑞雪，梓林、丁丁聚富成，夜话人生，有感。

寒院阑灯雪太清，枯枝巢露冷天星。凤不贪喂鸣远去，飘逸，夜茫君笑煮新茗。

抖落风霜萧瑟处，津渡，世浊显荣润慧心。风月古今人不见，散宴，白莲飘砌印丹青。

梦里归客

——和友人《木兰词·马尔代夫海边遐想》

（2013 年 1 月 7 日）

烟飘袅袅浮云长，月悬高高望斜阳。
层层碧浪叠不尽，声声彻问身何方？
孤岛何堪人独坐，远处灯火意阑珊。
梦里归客情真切，唯恐醒来空茫然。

友人 木兰词·马尔代夫海边遐想

烟波飘渺浮云卷，小舟轻摇斜阳边。
层层碧浪声声切，不知今朝是何年？
孤坐小岛天近晚，点点灯火已阑珊。
梦里不知身是客，一任融化入自然。

何必

——和晓剑《相见欢·文华椰风》

（2013 年 1 月 12 日）

山巍云飞从容，人匆匆，纵有千金万鼎气如虹。

观涛退，心不醉，月朦胧。何必遭逢冷雨说是冬。

晓剑　相见欢·文华椰风

山风抹去寒容，客匆匆，纵有椰桐浪影见梅红。

听涛退，忘年醉，系月濛。未必人生冷雨总是冬。

闲趣

——和晓剑《暗香·沙河忆》

（2013年2月13日）

拜读晓剑《暗香·沙河忆》，欣喜之余，取其字，换七言和之。

水绕沙河春华贵，倚窗远情树盈泪。
相思望斗俏茜裙，幽庭旧事令郎坠。
闲光沉趣无尽意，落晚花散香重醉。
月随人影惆怅短，锦簇高低泻流翠。

晓剑 暗香·沙河忆

（癸巳初三夜）

月随人媚，落晚花散径，熏香重醉。莫是桃园？锦簇高低泻流翠。泛起幽庭旧事，俏茜裙，令檀郎坠。过鹊桥，棕榈依娑，倩影没沉翳。

不睡。树盈泪。缕缕草梳青，诉相思味。望斗杓遂，再倚绿窗远情寄。惆怅闲光短趣，无尽意、松梅竹岁。水绕处，凝碧露，物华春贵。

春风梦境

——和晓剑《春游京郊罗马湖》

（2013 年 4 月 6 日）

癸巳二月游朝阳青年公园，前日春雨，是日晴空万里，读晓剑《春游京郊罗马湖》，欣然和之。

春风难得雨，偶露一缕青。
柳黄淡远岸，花稀燕近亭。
人老知梦境，树高晓月晕。
万般皆轮回，何必一片云。

晓剑 春游京郊罗马湖

春山一夜雨，露写满湖青。
柳鞥鹅黄岸，花凝燕脂亭。
人闲游梦境，树展吐红晕。
万物存成理，何须哪片云。

清平乐·莲舍

——读晓剑《满庭芳·优昙莲舍》有感

（2013 年 4 月 8 日）

通河路绕，檐沿落飞鸟。春光横渡过小桥，高碑店里谁家。

帘淡清风杨柳，座宽家俬玲珑。书茶琴墨具备，心远地偏何求。

晓剑 满庭芳·优昙莲舍

（癸巳二月）

雾散云开，梅阑春浅，嫩色欲展青杨。灵街流巷，娇燕绣帷梁。月射溪村柳岸，红门外、水润桥塘。霞风醉，优昙簇簇，凝透素霓裳。

香堂，丝乐处，仁贤毕至，玉翠慈航。古调瑶琴起，茶道东洋。画舞诗言雅趣，千年梦、溢满微廊。凭栏久，疏花淡目，妙远小莲房。

悄然

——和云中月《微寒》

（2013年4月9日）

微风细雨窗前过，一任闲心淡思昨。
小桥流水看杏花，无情无语悄然落。

云中月 微寒

微寒天气迟迟过，一种闲情淡似昨。
小坐林间看杏花，无风无雨悄悄落。

孤影芳菲

——和燕子《醉花阴·咏丁香》

（2013年4月30日）

万紫千红繁星坠，风洒游人醉。乍暖漫园春，坐赏香榭，满目尽滴翠。

丁香莫羡桃花媚，闺心无相对。却道谁知美，雅处纯清，孤影落芳菲。

燕子　醉花阴·咏丁香

前日携友共赏法源寺丁香，美景美境，填词以抒情怀。

紫云雪霰千结坠，幽香催人醉。法源又逢春，堂前庭榭，漫花映林翠。

丁香非如桃花媚，清影素心对。莫道不尽美，淡雅冰清，琼葩尽芳菲。

晓月轻风

——和晓剑《风入松·扶桑望江》

（2013年5月15日）

癸巳初夏，兄弟三人二渡东洋，探望志江老弟，回首光阴瞬逝二十一载，感慨世道人间，留字为念。

云归何处望天边，闾巷无长筵。霞飞当年随风沐，那阑珊、婷婷香莲。雅士高歌煮酒，瑶池尽是桑田。

晓月轻风过千年，依依守素颜。添得一吟还旧曲，在当下、穿行空间。坐思情愫难断，松波无语追贤。

晓剑　风入松·扶桑望江

癸巳初夏，与梓林、中天、程波等聚东京雅院，夜未央、曲不断、情悠远。但愿人长久，千里共婵娟。填词纪念此行。

云濛透月射川边，闾巷隐花筵。霞妆素面香风沐，那阑珊、灯映慈莲。雅宴弦歌箸酒，瑶台笑语桑田。

小楼箫鼓续经年，依旧尽欢颜。天空树伴菖蒲曲，这当下、情醉人间。坐夜揉琴莫断，松声总唤觉贤。

洱海渔歌

（2013 年 8 月 14 日）

8 月 13 日傍晚六时半，洱海岸边，驻足观赏渔民收网。六位渔民（四男两女），借助一台 12 马力的柴油机，正在收网。交谈后，得知他们是从早五点开始下网的，这是一张长约 500 米的大网。一个小时之后，起网了，忍不住，帮着拉网，满满小鱼虾，预估有 1500 市斤，按最低每斤 10 元计，这一网可收入 1.5 万多元。

自然风光的美和劳动的美如此和谐地融合在一起，令人感慨万千，题诗记之。

落日悠然苍山秀，波光涟漪洱海新。

晨光撒网夕霞归，天道人道皆酬勤。

中秋有感

（2013年9月19日）

圆融万事空，醉醒皆相同。

安然三界外，不知雨和风。

秋的思绪

（2013年9月25日）

最是这难舍的眩丽，
尽力染透了天的颜色；
最是这暖暖的情怀，
轻轻撕扯即逝的云朵。
这就是秋的美妙，
这就是秋的眷恋，
这就是秋的清淡，
这就是秋的襟怀。
生命，
或长或短。
精神，
升向无边。
人生，
无苦不乐。
灵魂，
缥缈永恒。
一切都是瞬间，
短暂，
却印在心的深处。
那无尽的依恋，
长远，
因为当下的温暖。

秋景

——游北京朝来公园

（2013年10月2日）

天蓝蓝，草泛黄，
秋色无语意深藏。
湖光媚，柳叶长，
日悬梢上暖洋洋。
人生六十最惬意，
无忧惑惧始陶然。

孔子说，这世界有三种人活得不纠结：一是仁者（不迁怒、不贰过的人）；二是智者（不患于得失的人）；三是勇者（不在乎付出的人），是为无忧、无惑、无惧。做到这三点，人生就通达了。这般境界，或要到“六十耳顺”方有深切体悟。

60，或许是人生的金秋季节。据说，有位国家领导人曾告诉下属：其实，人到了60岁，才知道一些事情。苏格拉底干脆说：我只知道我不知道。想想自己，过了年，就58了……

秋景漫想

（2013年11月8日）

碧云天上望断南飞雁，秋风起时黄叶舞翩跹。
南来北往来日再新枝，云卷云舒岁月又年年。

再驻富士山

（2014年1月5日）

2014年1月11日、12日再渡东瀛，在东京举办两场公益讲座；13日参加全日本华人华侨马年春晚；14日、15日，与日本志愿者一行，驾车游览冬季富士山，入驻富士之堡华园酒店，心印情至，有感而发。

奇石飞泉妃子笑，孤月映松瑞雪飘。
寒风暖意异乡远，富仕豪杰故土高。
天涯无尽志常在，青山有为人未老。
善行光明求大同，圆融万象世界潮。

佚名　和梓林《再驻富士山》

余无缘东渡，却心向往之。读梓林大作，思绪万千，依图中光景，效淹公之法，赋诗一首。

无缘东渡游扶桑，却闻公益名远扬。
积雪终年名富士，白鹅多情迎客忙。
久远寺里说至慧，木塔闪烁圆融光。
心存高远多志愿，菩提绿荫护八荒。

程波　和梓林《再驻富士山》

陪同北大公益讲座大陆志愿者，一行八人重游富士山，领略寒冬的富士风光。来到山中湖岸边，只见白颈天鹅，拨冰水而来，与志愿者共舞。天冷心热，笑声飘荡在山中湖面。北京 001 号玩得最欢，三只白天鹅围着他跳舞；岚、静、坤深圳“三剑客”，今生初见雪中鹅舞，喜上眉梢，笑笑笑；大连迪哥妍妹独处一隅，一对鸳鸯，一双天鹅，两只野鸭融入镜头，“啪啪”一通拍照！日本 001 号情不自禁跳起天鹅舞，梓林学长抢拍大喊：好好好！今生难忘的北大公益讲座如电影场景铭刻心中！诗兴小发，和北京 001 号七言一首，供大家一乐！

峭岩温泉送妃笑，圆月云中含羞娇。
寒冬艳阳暖青松，早春梅花丛中俏。
曲颈白鹅喜迎宾，清风雅意人未老。
待到光明圆融善，人人慧命世界好！

既然

——和王越《回首》

（2013年11月18日）

既然留不住岁月
何必凝视得失
既然藏不住时光
微笑就是美容
一切都可以释然
因为
一切都会过去
爱生活
从爱身旁的人和事
开始……

感恩（外一联）

（2014 年 2 月 2 日）

时光荏苒，岁月如梭。2013 年春节曾经写过一首小诗——《献给北大公益讲座志愿者》，一年过后，又有许多志愿者加入，跃马扬鞭，走在公益路上，旧礼翻修复送，顺道拜年！

说一声“感恩”，
太轻；
说一声“祝福”；
太浅。

言语道断，
那就什么也不说。
思想可以交流，
心灵只能感应。

在时间的长河里，
在回家的路途中，
心在，
爱就在。

学习光明看世界，
修炼圆融对他人，
明了尽孝要及时，

感悟善是为自己。

只要曾经一起鞠躬过，
一起高唱《志愿者之歌》。
就无须物质的诱惑，
也没有言语的承诺。

就这样走下去，
如果30年还嫌不够，
那就再来30年，
或是再来50年？

一切都会过去，
那年你多大？
我已百岁多，
或许，已经重来——

那时，
再次聆听《灵魂的求诉》，
那时，
继续凝视“慧命之光”。
……

外一联

癸巳春联

（2014 年 2 月 1 日）

壬辰年腊月二十九辰时，北京难得晴空，思绪万里。长冬无雪暖，霾有去意晴。喜收冯仑佳联，随心和之，平添一乐。

过去多少年，还有多少载，多多少少，是是非非，年年过后不多不少

将来因果报，应了因果缘，因因果果，成成败败，报报将就有因有果

冯仑 春联

今冬无雪，霾多了只觉着暖，就想过年，于是写副春联，应个景。

过了年还是年，多少是非成败都随光阴去了

辞完岁又见岁，忽然姹紫嫣红全说春天来啦

内观十日

（2014年3月23日）

内观十日居南禅，静默止语净心安。
修己利他唯正道，步出寺门天地宽。

2014年3月12至22日，在福建长汀南禅内观中心内观十日，感触颇丰：

一、北大公益讲座虽然不是任何宗教，但我们走的完全是正道！因为，我们是彻底的为了别人更好去服务的。为了自己，或许能成功，但人走了，就没有了；服务别人，才能长久，才能成就，才能到达。

二、在这条路上，坚定地走下去，届时我们一定可以坦然地对家人说：在我走的时候，比我来的时候，更纯洁，更高尚。

三、帮助别人的好处有：一是回相的是善；二是广结善缘；三是促使自己不断成长和完善。

际缘

——和柯言《清新农家菜·江村有感》

（2014 年 4 月 23 日）

2014 年 4 月 21～24 日，北大公益讲座 26 名志愿者，前往广东清远监狱，开讲五场《从生命到慧命》，23 日晚在山村的江边用餐，面对原生态的江水东流，深圳 001 号志愿者柯言，欣然题词一首，读后感慨万千，应和之。

形在山川尽眼收，竹摇风影水长流。

今宵江畔聚远客，曾经天际荡心舟。

柯言　清新农家菜·江村有感

形胜山川雾不收，竹林田舍畔水流。

今日江村归倦客，曾向天涯放扁舟。

呀诺达，从生命到慧命

（2014 年 5 月 17 日）

在天之涯　在海之角
有一个神奇的地方
热带雨林
呀诺达

亿万年不改的美丽
孕育了深沉的品质
彰显着博大的胸怀

呀诺达
一个美丽的地方
一个寻找幸福的圣地
一个光明圆融善的家园

这里有一群绿色的精灵
正在传承五千年的古老文明
自然美与心灵美
在这里绝妙的结合
原始生态与人文精神
在这里精彩呈现

诗与远方

一草一木
深情地讲述着
遥远的故事
无限的光明

在每一个早晨
洒向一张张笑脸
从生命到慧命
究竟有多远
天涯　咫尺

呀诺达
一个美丽的地方
一个寻找幸福的圣地
一个光明圆融善的家园

夜游漓江

（2014 年 7 月 22 日）

2014 年 7 月 19～22 日，《幸福是想出来的吗？》第 7 期，在桂林阳朔举办。小组分享会安排夜游漓江，在双拼竹筏上开小组分享会，别有一番情致。在夜幕降临青山绿水之际，志愿者尽情享受自然风光，兴致勃勃分享人生感悟，我心潮澎湃，即兴作诗二首。

（一）

暮色苍茫游漓江，双拼竹筏开分享。
真情恰似一江水，慧命路上心语长。

（二）

凤尾竹摇漓江岸，群山顶立夜幕中。
天南地北光明客，善聚分享话圆融。

中秋感言（诗三首）

（2014年9月6日）

（一）

月亮在天上
我在哪里

月亮天天在看我
我却偶尔看看她

月亮在大小之间轮回
是我的看见
我在天地之间轮回
月亮是否看见

月亮在天上看我
我在哪里看月亮

（二）

是谁让地球侧身23.5°
创造了春夏秋冬
于是有了季节变化
于是让我们体验了“年”

是谁让月亮变换那张脸
创造了阴晴圆缺
于是有了悲欢离合
于是让我们体会了“月”

没有偶然　只有安排
不必叛逆　只是顺从
顺天意就是尽人心
尽人心就是光明圆融善

（三）

致“放下名利、放下自以为是”的北大公益讲座志愿者。
（2014 年 9 月 8 日）

太阳再怎么光耀
也只能照亮白昼
月亮只是借光
却把夜晚关照

慎施于人
不必炫耀自己的存在
付出就好
只需满足他人的需要

月亮再怎么圆满

也在盈亏间轮回
不是缺少太阳的光照
而是紧随地球在环绕

切莫贪着
变化才会拥有丰富
不必刻意
圆融方能境化随心

贺北大公益讲座落地武汉

（2014年9月12日）

一江秋水一江情，黄鹤楼上望天青。
善行千里回归路，蓝衣志者向光明。

天菊蓝黄（外一首·歌词）

（2014 年 10 月 21 日）

2014 年 10 月 21 日北大公益讲座第一次走进东莞。在翰林实验学校开讲《从生命到慧命》。这是一个美好的夜晚，翰林学子的菊黄校服与志愿者的天蓝衣服相映，妙不可言。特赋诗一首，并应邀写了一首校歌歌词。谨此纪念。

片片菊黄醉陶然，蓝天一梦落东莞。
笑声不尽乐融融，雏燕展翅新篇章。

外一首·歌词

金色翰林　蓝色梦想

——献给东莞翰林实验学校

（2014 年 10 月 22 日）

金色的时代
金色的年华
青春在翰林萌动
理想从当下出发

金色的梦想
金色的朝霞
充满感恩的情怀
珍惜生命的伟大

开智养慧
十载寒窗学无涯
承先启后
百舸争流千帆挂

修炼自我
光明圆融善行天下
走向世界
我们人生如诗如画

从生命到慧命
我们一路潇潇洒洒
从今天到未来
我们就从翰林出发

副歌：
金色的时代
金色的年华
金色的梦想
金色的朝霞

东莞至庐山

（2014 年 10 月 22 日）

东莞经惠州上庐山举办公益讲座三阶第八期。

惜别东莞奔庐山，闲情作诗话别长。
更待明日云中见，锦绣山谷揽风光。

登庐山

（2014年10月23日）

北大公益讲座第三次上庐山开三阶第八期。

一众飞驰九江边，跃上葱茏四百旋。
锦绣山庄迎宾客，但看飞瀑三叠泉。
放下烦恼享自在，回归慧命相聚喧。
天生一个仙人洞，风光无限在云天。

注：第二、七句引自毛泽东诗词；一、八句亦属改编。

大林寺红叶

（2014 年 10 月 25 日）

仿白居易《大林寺桃花》，贺北大公益讲座三阶八期在庐山举办。

人间十月夏方尽，山寺红叶已盛开。
长恨冬归无情冷，此知暖从心中来。

江水阳明

——和韩磊《断桥》

（2014年10月29日）

断桥残墩伴鸟鸣，荒草深处屹孤亭。
老妇担尽千江水，夕照阳明有后人。

韩磊　断桥

断桥莽石惊鸟鸣，荒草杂竹掩残亭。
老妇斜影担江水，笑问阳明是何人。

韩磊为北大公益讲座江西大余001号志愿者。王阳明落星亭位于大余青龙镇章江河畔。目前已杂草丛生，破败不堪。今日，前往抄录20年前捐资建设者名录，几经周折，方才寻得，唏嘘不已！阳明心学，宇宙哲理，当下社会，又有几人知晓几人听，况乎行？

丫山落日

——和韩磊《丫山秀峰》

（2014 年 11 月 1 日）

秀绝天下丫山峰，落日西悬意从容。
遥看千川安座椅，壶中自有万里鹏。

韩磊 丫山秀峰

（2014 年 11 月 1 日）

双秀绝顶人为峰，红日西悬托明灯。
山做堂前太师椅，水化壶里一盏茗。

童年的海

（2014 年 11 月 8 日）

北大公益讲座首度在厦门开课，特制作风光片《童年的海》献给 115 名志愿者，此系解说词。

天上有颗太阳
眼前是个大海
只是给一朵　诱惑的浪花
便吸引了童真的男孩
随波逐浪中的戏耍
尽显勇敢坚定的心怀
浪与沙滩
男孩与海
太阳一直在看着
在男孩的身上
轻轻留下观赏的黑白

天上有颗月亮
身边是个大海
只是给一朵美丽的浪花
便吸引了纯真的女孩
奔跑中飘起的黑发
尽显自由浪漫的情怀
云与轻风

女孩与海

月亮一直在看着

在女孩的脸上

淡淡抹出优雅的留白

天有太阳月亮

心中是个大海

阳光月光抚摸海的浪花

便唤醒了天真的小孩

喃喃心语中的述说

尽显前世今生的感怀

人与自然

小孩与海

日月一直在看着

在小孩的心里

渐渐融入天地的对白

西江月·丫山之秋

——和韩磊《西江月·秋殇》

（2014年12月11日）

西霞七彩烂漫，双秀云天斑斓。卧龙谷深寻觅处，望穿秋水寒。

枫叶醉醒行人，杏黄染了红尘。丫可喜高望远去，道源书声朗朗。

韩磊　西江月·秋殇

七彩丫山漫漫，双秀峰顶斑斓。秋水望穿是螟虫，一心何需问禅。

枫叶醉在指间，银杏黄了流年。阴晴圆缺天注定，有爱自上丫山。

踏浪的小孩

（2014年12月9日）

碧海蓝天
白浪扑沙滩
独自个踏水飞溅
只觉得脚下细沙
光洁如镜
柔软如绵

勾起了万般遐想
灵光乍现
问苍海
看世间风风雨雨谁注定
我愿与天直言

海鸥群燕
点点映夕霞
闪闪金光映漪涟
但见那远处百舸
游戈缓行
散落天边

勾起了万般遐想

灵光乍现
问苍海
看世间风风雨雨谁注定
我愿与天直言

保定归来

（2014 年 12 月 14 日）

保定归来望酒泉，岁末兼程尽欢歌。

一花两果随缘行，万事愿意苦为乐。

南阳瑞雪

（2015年1月28日）

马年腊八奔南阳，雪舞中原裹素装。
情满他乡人未老，脚踏正道话沧桑。

2015年1月27日，来自北京、郑州、石家庄、济南、深圳、桂林的志愿者一行12人来到南阳，将于28日上午九时至下午六点半在南阳理工学院图书馆学术报告厅，开讲第一阶《从生命到慧命》、第二阶《光明圆融善》及一场现场分享会。志愿者到达南阳，恰逢一场大雪，喜出望外，连夜拍下美景。

梦里的朱港（外一篇）

——写给五〇后和六〇后的朱港第二代

（2005 年 5 月初稿，2015 年 3 月 14 日修订）

人生会有一种情缘
时间越久
思念越长
人生会有许多港湾
让你休整
催你远航

我们共有的第一港湾
是那条美丽的八步港
有倒影的柳树
有碧波在荡漾
神奇的少年梦幻
从那里获得了灵感

伟岸高耸的防洪堤
环抱着一个更大的港
那就是朱港
在我们少年的记忆中
那里燃烧过红色的理想

贯穿南北的大经路
总是被牛车印迹刻满
那就是朱港
在我们成长的烦恼中
那里飘荡过困惑与迷惘

曾记否
春天的朱港
是那般的美艳
紫色的红花草如祥云
黄色的油菜花似金毯
电闪雷鸣时河沟里鱼跃
雨过天青后田埂上蛙唱

曾记否
夏天的朱港
是那般的美丽
中午知了声此起彼伏
夜晚萤火虫闪着光芒
码头边赤身飞流敢击水
瓜田里坐地豪吃怕肚胀

曾记否
秋天的朱港
是那般的美好
稻香果熟残阳红似火

天高云淡秋水绿如蓝
屋檐下小麻雀叽叽喳喳
树梢上老丝瓜晃晃荡荡

曾记否
冬天的朱港
是那般的美妙
冬青树下弹弓打麻雀
农机厂里翻墙捉迷藏
寒冬腊月八步港上溜冰
雪花飞舞供应站前雪仗

曾记否
我们拥有共同的理想
为了全人类的解放
曾记否
我们从朱港起航
各自毅然扬起风帆

岁月如梭时光荏苒
弹指一挥间
曾经少年两鬓已霜
难得相聚再叙衷肠
时过境变人已非
只是留得记忆付长江

外一篇

朱港，53年过去……

（2015年3月14日）

1962年，我离开福建，随父母来到鄱阳湖的这片沼泽地——朱港。据说这个地名与朱元璋曾经在此打过仗有关。那年，我才5岁。

5岁到16岁，我经历了童年到少年的成长，也见证一个劳改农场从无到有的发展。

1973年，16岁的我高中毕业，无校可上，无书可读，只好告别父母，离开这块土地，带着青春的梦和人生的迷惘，加入了知青的行列，踏上漫漫征途……

53年过去，这里已经进步为一座现代化的“赣江监狱”。

2015年3月13日，我再次踏上这片土地。时过境迁，面目全非。历史的痕迹，越来越少，记忆中，那些足以让一个少年无比幸福快乐的场景，已经完全找不到地理的坐标……

最令人惆怅的是：昔日防洪堤坝外宽阔的赣江，已经被泥沙堆积的江心洲从中分隔，眼前只见到一条小河。

1998年洪水之后，花巨资修建的水泥防洪坝，因三峡截流，一直没有发挥过作用，伴着时间不知去哪儿了，滔滔赣江水也不知哪儿去了？防洪已经成为历史，防洪堤也只是证明曾经这里需要防洪。

田里没有红花，红花草或许已经被化肥取代，一如农田已经承包给邻近的农民，服刑人员已经收到监区做加工业。只是防洪堤内侧和几片旱地里的油菜花，一如几十年前的模样，开得金灿灿，乐悠悠……

现代化的钓鱼竿，已经钓不到曾经用小竹竿换来的喜悦，因为没有鱼吃钩。两小时之后，只好向渔民买了两条鱼，免了空手而归。

黄昏的朱港，还是让人心怡：天高云淡，鸟语花香。房前屋后自留地里的各种时蔬，让人想到，退回农耕时代，食品真是安全；生活小区里开出一辆辆回南昌过周末的轿车，让人想到，随着生活水平的提高，交通的发达，监狱不再是“关”警察的场所……

又看到了，曾经的夕阳在此西下；又闻到了，往日的春风在田野里荡漾。

53年，已经过去，梦起的地方，总会勾起新的梦。轮回，轮回，轮或可以，回却不易。

宜春行

（2015年3月15日）

明月山湾云雾绕，温汤镇里古井桥。
千年热泉成一景，十数游人暖双脚。
细雨春风从前慢，绿柳飞檐此时娇。
远避喧嚣寻静处，宜春故郡享逍遥。

亭前品茗

（2015 年 4 月 28 日）

已近耳顺之年，适逢贤弟彭中天 52 岁生日。门前小亭品茗，杯中乃中天近日送的庐山明前云雾茶，香气扑鼻怡心，灵感亦如云雾般缥缈……得诗一首，供寿星一乐。

一杯云雾玉亭前，微风扑面四月天。
花落花开又是春，云卷云舒转瞬间。
但使而立再得来，无须耳顺重翩跹。
闲时独坐安静心，品茗方知苦中甜。

虞美人·丫山道源

——和韩磊《丫山落花》

（2015 年 5 月 2 日）

春雨岂肯随东风，滴滴落梧桐。晓来卧龙喧嚣声，润泽有余直流章与贡。

丫山花落知多少，彩色换葱茏。道源风光旖旎处，书声琅琅灯火夜通明。

韩磊　虞美人·丫山落花

春雨岂是多情种，一夜念梧桐。晓来山间半路白，谁洒残雪陌上花随风。

丫山自会与君逢，青灯盼红绫。意到心处心何在，我画斜阳岭头照落英。

忆往昔·知青岁月

（2015 年 6 月 9 日）

6 月 8 日，结束赣西监狱课程，前往 41 年前上山下乡的江西九江岷山乡小阳村，居然还有七八十岁老村民记得当年的知青，居然还叫得出我的名字，感慨岁月荏苒，人间仍有真情在。

青山如黛
绿水娇娆
四十一年
光阴逝漂
故地重游忆青春
那时面若桃
岁月稠
人未老
只是苍田遍地草

当年意气
情满志高
登山立顶
仰颈长啸
望断鸿雁蓝天过
白云深处渺
为生计
身为樵

山道弯弯重担挑

从戎务工
书海迢迢
政商转身
风雨潇潇
公益曲径途漫漫
千里寻梦桥
再回首
心若潮
踏尽崎岖知路遥

丫山之巅

（2015年6月17日初稿，6月22日二稿，7月4日定稿）

6月16~19日，北大公益讲座丫山讲师培训二期在江西大余丫山道源书院举办，17~19日凌晨五点半至六点半，志愿者早起打坐，在清新宁静中吸取天地之精华。效果甚佳，留此感言。

梅关巍巍，耸云揽天。
唐宋驿道，迢迢连绵。
丝绸之路，万里始延。
章江水长，润泽丰田。
赣州大余，丫山之巅。
九成山舍，雨后新帘。
杜鹃花海，高山茶园。
浩瀚竹林，碧波相连。
卧龙深谷，瀑流飞溅。
万绿丛中，道源书院。
三缸四壁，古韵悠远。
半亩方塘，学问如渊。
周程理学，太极传演。
牡丹亭梦，显祖续缘。
金谷山房，问渠活泉。
藏书二酉，来鸿窗前。
静夜初醒，晨曦乍现。
青竹摇曳，薄雾如烟。

太极广场，几朵睡莲。
潺潺流水，清风拂面。
林中细语，百鸟翩跹。
五时二刻，栈道栏边。
蒲团席坐，阳气上旋。
盘腿合掌，接地顶天。
闭目时分，月色暗浅。
开眼刹那，天光一线。
纳新吐故，养心驻颜。
关照内在，潜心修炼。
历世经事，云舒云卷。
从生至死，去来之间。
心无杂想，区区一念。
公益讲座，度己为先。
达己达人，学而不厌。
心心相印，坦诚互见。
同修共进，携手向前。
敬天爱人，达成大愿。

乙未端午一日

（2015年6月20日）

朝辞九成舍，驱车下丫山。
依依书院情，回眸道源长。
大余品粽子，端午话家常。
相约赴粤北，仁化丹霞山。
地质大公园，世界之遗产。
奇险秀幽古，韶石笙歌扬。
锦江环群峰，穿鄂湘粤赣。
泛舟山水间，风吹翻细浪。
奇景不胜数，处处显华章。
茶壶迎贵客，姐妹抒袖广。
观音喜送子，千年采石场。
红豆生南国，一粒一惆怅。
阳元村妇秀，渔夫收网忙。
玉女卧苍穹，山道路弯弯。
梨叶梧桐绝，野花点缀黄。
杨梅羞涩去，三华李落篮。
凤尾常相拥，百合此处欢。
巨擘神工斧，丹霞冠岭南。
落晖已西去，返途夜色晚。
日行三百里，一路不虚枉。

道源丫山揽胜

（2015 年 6 月 24 日初稿，7 月 6 日定稿）

赣南梅岭揽云天，唐宋驿道千百旋。
丝绸之路穿行过，章水悠悠润丰田。
绿黛染晴千峰嶂，白云如雪玉城喧。
卧龙山谷惊鸿处，十八瀑布银珠溅。
红梅坡上山花漫，龙鼎湖边水草鲜。
憩心楼栏清风许，天街台阶岚雾间。
九成山舍尽纵览，史海沉钩有残篇。
登顶双秀望南安，世事沧桑非如烟。
一道雄关石门口，真君传说跨千年。
问渠清泉出何处，周程理学始开篇。
古寺灵感三千界，守仁心学五百年。
东坡虔州八境图，牡丹亭下梦团圆。
道源风骨今相承，虎踞龙盘护书院。
半亩方塘彰学海，三缸四壁古韵宣。
怀云茶亭极远目，幸福之路通天边。
金谷山房对金樽，亦乐堂中结善缘。
学者楼前南浦云，藏书阁里卷暮帘。
二酉东厅举挥毫，来鸿西窗月上弦。
区区一念向慧命，宏图梦想此山间。
但得来日再相聚，丫山之巅尽开颜。

云林天乡·紫薇花

（2015年8月6日）

风
还在天坪山上徘徊
轻轻抚摸走进八月的山坡
依旧是去年花开时的模样

谁
又在你的梦里徘徊
再次还你一个难忘的初吻
送来一缕淡淡的甘蔗清香

我
仍在山间瀑布徘徊
从竹林的间隙向远方眺望
重新回味刹那的记忆芬芳

你
开得如此热烈奔放
像飘逸在空中的一朵云霞
落在云林天乡美丽的山冈

风
徘徊过后一去不返

八月的山坡依旧那样安详
无尽的花将在这永远开放

重庆市二圣镇天坪山上的云林天乡，将成为北大公益讲座在重庆的一个培训基地。一年当中，这里有 10 个月开满不同的鲜花。其中，紫薇花岗以最鲜红的“红火箭”为主要品种，红如国旗，花期长达 3 个月。正值八月，紫薇花相继开放，热烈而奔放，像空中的片片云霞。

后　记

2011年，我决定将《落地无声——故事中的经济学》作为我的经济学封笔之作，并尝试换一种言说方式，来享受一把对言说有着天然爱好的生命形态，尽管我早就知道西方有一句名言：这个世界是不可言说的。我也知道东方先贤亦说过："言语道断。"

经济学家汪丁丁把人类的"言说"归为三类：

（1）历史叙事。这类叙事包括神话、传说、禁忌、原始宗教、任何过去的事件。历史叙事的说服力，建立在叙事者的权威身份以及叙事内容的真实性认证上。其"合法性"只能建立在有着共同生活经历的一群人之上。

（2）科学叙事。这类叙事的说服力建立在对理性传统的信仰上。科学叙事中的"合法性"，建立在我们共同承认的"公理体系"之上。

（3）美感叙事。美感叙事并不要求我们追问故事的真实性，因为在主体之间追问"真实性"，对"美感"而言是不必要的，美感是一种私人感受，这类叙事的特征是私人话语，它的目的不在于说服任何他人。美感叙事，只是引发他人的共鸣，并且由此而具有某种感召力。

于是，从2011年3月开始，我选择了以美感叙事为主要形式的北大公益讲座，作为我从学术研究向公益服务的转型。

我们坚持“非宗教、非政治、非灌输”的原则，更多地使用声光电等最新的技术手段，通过美感叙事，来引发听众对生命和生活的共鸣，帮助听众在喧嚣和繁忙中，找回真实的自己，并努力通过自己的觉醒和行动，让生命变得更好。如果说北大公益讲座还具有某种感召力的话，我们不敢说自己有什么了不起，而是因为我们遇到了同频道的人。

我们北大公益讲座志愿者的这种选择，其实是基于《老子·五十六章》中的“知者不言，言者不知”。老子认为，智者不应是说教者，而应通过自我修养，言行一致，豁达大度，以取得人们的尊崇。所以，我们的讲座，其实是讲一些自己相信并坚持去做的东西，以此去结缘与我们理念相通，并愿意从付出中寻找成就自我路径的有缘人。

2012年，我去深圳开讲公益讲座，一位老者告诉我，他刚刚参加了一个止语十天的活动。我问他有什么感受，他说：我们平时说的话中，90%是没有必要说的。因为这90%都是假话、空话、套话、废话、应酬话、违心话、言不由衷的话、应付搪塞的话、说了也白说的话……

2014年3月，我也去参加了一次内观，亲身体验止语十日的真实感受。止语，不是停止言说，而是停止与别人言说，只跟自己说。当你坚持在十天中只跟自己说话的时候，你才开始真正了解自己。

言说的真实，究竟来自于哪里？在内观的第六天，我终于悟到：

真实，来自于自己对自己说。只有在你独处面对你自己的时候，你可以不需要伪装，可以不需要欺骗自己。尽管当你回到生活中，还会因为各种理由，放弃真实，但在那个自我对话的时候，你面对的是真实的自己。

从那一刻开始，我才真正懂了，为什么我们在北大公益讲座上的说，可以让讲的人和说的人，都感到轻松和愉悦。因为，言说者没有说服别人的意愿，只是分享自己对生命的体会，每一句话其实都是说给自己听的，所以，也就没有必要口是心非和试图伪装。而听的人，也放弃对言说者的防范，放下被别人说服的担心，而是用自己生命中的经验和当下的能量，去体验言说者的真实感受，所以，现场的氛围总是轻松愉悦的。在这样的互动过程中，尤其重要的是：言说者在课堂的说，与内观时自己对自己说，是一致的，而当思想在真实河床上流淌时，那如同行云流水般的轻松愉悦，自然会让人不觉得累。

哲学家周国平说："今天我们最缺的不是伟大的理论，而是普通的常识，不是高超的信仰，而是基本的良知。所以，最紧要的事不是制造理论和奢谈信仰，而是恢复常识和良知。一个人若能够坚持常识和良知，只说自己心里真实的想法，不跟着别人胡说八道，也不口是心非，他就可以算是半个智者了，另半个看他有没有天分。"

这与汪丁丁曾经当面对我说的"如果你能用成本来分析社会现象，你就是半个经济学家"如出一辙。最基本的常识，对于我们这些凡人来说，其实是最有用的。

这些年来，沿着这样一条言说的路，一直走下来，受众已近十万人次。课程从第一阶最初只有半个小时的言说，到现在一阶二阶《慧命之旅》可以开讲三天两夜，第三阶《幸福之旅》可以开讲四天三夜。不经意间还留下了一批可以回味的文字。当大家都以为我在付出的时候，哪里知道，这些年我的收获是最大的。舍即是得，真实不虚！这些文字可以作证。

这本书，分为四个部分。

第一部分《蓝色梦想》，编辑了这些年在微信上发表的一些感言，分为十三个主题，虽不大成体系，但也可以窥豹一斑，了解北大公益讲座想做什么，怎么做的。

第二部分《恬静心灵》，是我们在课程中的配乐诗朗诵的文字。在我们课程中，配乐诗朗诵是最能打动人的环节。许多志愿者已经养成一种习惯，回到家里打开音乐，独自享受朗诵给心灵带来的喜悦和放松。本应属于《诗化人生》部分的几首诗，如《灵魂的守望》《我是一条小河》《去去就来》《就这样》《为此而来》，因为是课程中的诗朗诵部分，所以也并入第二部分。

第三部分《写意音符》，是我们的课程中播放歌曲的歌词。这些歌词都是改编自中外比较著名的歌曲。借助优美的旋律，以贴切的文字，阐释着北大公益讲座的理念。

第四部分《诗化人生》，是近些年写的诗，多数是应对之作，也有几首是专门为课程写的，如《童年的海》《踏浪的小孩》《呀诺达，从生命到慧命》《道源丫山揽胜》《丫山之巅》等，由于没有列入课程的朗诵部分，继续留在了第四部分。

之所以最后选择“诗与远方”作为书名，是因为物质越是发达，人们越是应该过着诗意的生活；越是担心生命的短暂，越是不能没有对远方的思考。北大公益讲座要用诗的语言，来叙说我们对远方的思考；我们要用走向远方的脚踏实地，来创造诗化的人生。诗言志，志在远方，故用此名。而副书名选择“来自未名湖的灵感”，则因自2005年创办“北京大学产业与文化研究所”以来，经常在未名湖畔徜徉，不时获得人生的感悟和写作的灵感，加之“北大地下校歌”《未名湖是一个海洋》歌中唱道：“未名湖是一个海洋 / 诗人都藏在水底 / 灵魂们都是一条鱼 / 也会从水面跃起……”

感谢这些年来所有支持北大公益讲座的各界朋友，感谢家人的豁达大度，感谢志愿者的信任和陪伴，感谢当代中国出版社柯琳芳女士和叶敏娟女士为这本书的顺利出版所做的努力以及细心策划和精心设计。

感恩天时地利人和，感恩万物助我们走向光明圆融善！

郭梓林

2015年8月30日